KB057198

물고기는 눈을 감지 않는다

Questo libro è stato tradotto grazie a un contributo alla traduzione assegnato dal Ministero degli Affari Esteri e della Cooperazione Internazionale Italiano.
이 책은 이탈리아 외교 및 국제협력부에서 수여한 번역 지원금으로 번역되었습니다.

물고기는 눈을 감지 않는다

에리 데 루카 소설

이현경 옮김

바다출판사

일러두기
본문의 주석은 내용의 이해를 돕기 위해 모두 옮긴이가 작성했다.

한국의 독자들에게

우리는 바닷소금으로 자라났습니다. 음식과 우리의 살갗에 맛을 내려고 바람이 뿌리고 간 소금이죠.

우리는 맨발로 모래 위를, 축복 받은 대지의 바위 위를 걸었습니다.

이 이야기에는 어부와 폭풍우와 섬과 화산이 등장합니다.

우리는 장식된 대지가 아니라 화산 폭발과 지진을 겪은 대지를 아름답다고 생각합니다. 거대한 에너지에 의해 그 형태가 만들어진, 땅속 깊은 곳에서 솟구치는 자연의 힘을 아름답다고 생각합니다.

이탈리아인과 한국인은 수천 년간 문명이 이어진 반도의 자손들입니다. 그 문명은 우리 등 뒤가 아니라 발밑에 있습니다. 우리는 그 뿌리에서 뻗어난 가지와 나뭇잎입니다.

이 책은 바다와 그 바다의 가르침에 관한 이야기입니다. 어느 여름 사춘기 소년소녀가 정의의 문제를 통해 감정을 만들어 나갑니다. 소년과 소녀에게 정의란 법에 의한 구현이 아니라 선과 악을 몸으로 인식하는 것입니다.

사춘기 시절에는 한 개인의 미래를 결정할 사건들이 벌어집니다. 소년과 소녀는 갑자기 개성이 확고하게 형성되는 지점에 도달하게 됩니다. 자신이 누구인지, 어떤 사람이 될지 알게 되는 겁니다.

그러한 과정은 무섭게 소용돌이치며 빠르게 지나갑니다. 그러니 맞다고 생각합니다. 이들 주변에 원을 그리는 광활한 바다가 있고 발밑에 당당한 화산섬의 땅이 있다는 것이.

2015년 6월

에리 데 루카

차례

"네 먼지에 입 맞추는 게 무슨 소용 있을까?
난 네 먼지야."

—이치크 만게르

"한 번만 얘기해 줄 테니까 잘 들어. 미끼를 낚싯바늘에 끼우기 전에 먼저 바닷물에 손을 씻는 거야. 그러지 않으면 육지에서 온 미끼라 나중에 물고기들이 냄새를 맡고 피해 가거든. 그냥 슬그머니, 네가 물고기다 생각하고 바닷물에 손을 담가 봐. 누가 옆에서 이래라저래라 할 때까지 기다리지 말고. 바다는 학교랑 달라. 여기에는 선생님이 없어. 그냥 바다가 있고, 네가 거기 있는 거야. 바다는 네게 아무것도 가르쳐 주지 않아. 그냥 자기 식대로 흘러갈 뿐이야."

어부가 한 말을 모두 한꺼번에 적어 본다. 입을 열 때마다 띄엄띄엄 떨어진 암초 사이로 파도가 넘실거리는 듯한 그의 말들을 표준말로 적어 본다. 하지만 사투리를 쓰는 그의 목소리 없이, 말들은 맥없이 느껴질 뿐이다.

　그는 말을 시작할 때마다 '그리고'란 말부터 내뱉는다. 학교에서는 접속사로 문장을 시작하면 안 된다고 가르친다. 하지만 그에게 문장이란 한 시간 전, 혹은 하루 전에 했던 말의 연속이다. 그는 말이 별로 없었다. 드넓은 바다에서 고기잡이 배를 손보면서 한참 동안 아무 말 없다가 가끔씩 내뱉을 뿐인 그의 모든 말은 한 문장에 불과하다. 그는 이따금 매듭 같은 모양인 '그리고'•로 입을 떼었다. 나는 그의 목소리를 통해 접속사로 문장을 시작하는 법을 배웠다.

　그는 여름휴가를 보내러 섬에 온 도시 소년인 나를 좋게 보았다. 나는 어부들이 일하는 해변으로 가서 배들의 움직임을 구경하며 오후를 보내곤 했다. 엄마의 허락을 받아서 낚싯배를 탔다. 어린 나무의 몸통만 한 굵은 노를 사용하는, 선체가 긴 그런 배였다. 나는 배 위에서 거의 아무것도 하지 않았다. 배가 출발할 때 그를 조금 도와주기는 했다. 그는 나보다 두 배나 더 큰 노를 젓는 법을 가르쳐 주었다. 똑바로 선 채로 두 팔을 뻗어 노를 품에 안고 체중을 실어 밀었다. 배가 움직이기 시작했고 천천히 바다로 나아갔다. 그것은 내게 큰 감동을 주었다. 노를 밀 때 힘을 조금 보탠 것뿐인데 어느 순간 그에게 도움이 되었으니 말이다. 그는 낚싯바늘이나 봉돌이 달린 긴 낚싯줄이 있는 데는 얼씬거리지도 못하게 했다. 그것들은 작업 도구여서 아이들이 만지는 건 좋지 않았다. 물론 나폴리에서는 아이들이 이런 도구를 만졌을 뿐만 아니라 그걸 가지고 많은 시간 일을 했다.

그는 내게 닻을 던지게 했다. 난 열 살이었고, 미로 같은 유년기를 소리 없이 막 마감한 뒤였다. 열 살은 처음으로 두 자리 숫자로 나이를 쓸 수 있는 엄숙한 도달점이다. 나이에 처음으로 0을 붙이게 될 때 유년기는 공식적으로 끝난다. 유년기가 끝이 나도 별다른 일은 일어나지 않는다. 유년기는 여전히 지난여름들의 족쇄를 차고 있고, 내면은 혼란스럽고 외면은 정지해 있는 어린아이의 몸속에 있었다. 나는 십 년이라는 세월을 가지고 있었다. 나이를 말할 때는 '가지다tenere'라는 동사를 쓰는 게 훨씬 더 정확하다. 나는 누에고치처럼 내 몸속에 있었고 머리로만 그 몸을 강하게 만들려 애썼다.

일 년 일찍 초등학교를 졸업한 나는 그해 여름 벌써 중학교 1학년을 마쳤다. 마침내 볼펜을 쓸 수 있었고 검은 스

• 이탈리아어로 '그리고'의 철자는 'e'이다.

목●을 벗을 수 있었다. 이제 잉크, 펜촉과 잉크 흡수지는 더이상 쓰지 않아도 되었다.

나는 머리 모양을 바꿨는데 그러자 얼굴이 더 못생겨 보였다. 어린아이들이 울음을 멈추기 시작한 나이에 나는 울기 시작했다. 유년기는 전쟁과 같았고 노인들보다 더 많은 주변의 아이들이 죽었다. 그들에게 시간은 장난감이 아니었다. 집요하게 그 시간을 가지고 놀기는 했지만. 나는 시간을 낭비하지 않고 가치 있게 사용해야만 했다.

유년시절의 나는 내 속에 틀어박혀 있었다. 나를 돌보는 보모가 사용하는 작은 방이 있었는데, 나는 그 방에 성처럼 쌓인 아버지의 책 밑에서 잠을 자곤 했다. 쌓인 책은 천장까지 닿았다. 그것들은 수직으로 놓인 체스판의 룩●●이었고 기사였고 졸이었다. 밤이면 책에 쌓인 먼지가 꿈속으로 들어왔다. 책 밑에서 보낸 유년시절에 나는 눈물을 알지 못했다. 나는 어린 병사였다. 좁은 보초소 안에서 흥분과 우울이 교차하는 하루를 보내곤 했다.

열 살이 되자 변화가 찾아왔다. 고립 속에서 살기 위해서는 책의 요새만으로는 부족했다. 도시의 비명과 빈곤과 잔인함이 모두 하나가 되어 나의 귀를 공격했다. 이전에도 있었지만 그땐 날 공격하지 못하게 조절했다. 열 살이 되자 내 신경

이 외부의 고통과 내면의 감정을 연결했다. 나는 울었고 자다
가 이불에 오줌을 싸기라도 하면 어느 때보다 부끄러워했다.
노랫소리, 더욱 투명한 소리를 목에서 끌어내기 위해 지저귀
는 눈먼 카나리아의 울음소리, 골목의 폭력. 이로 인해 눈물
과 분노의 떨림이 올라와 구토에 이르렀다. 눈물이 뿌옇게 앞
을 가리고 온몸이 떨렸다. 어느 노인이 코를 풀었고, 옷을 여
미며 빛을 찾아 하늘을 흘긋 올려다보았다. 아이가 던진 돌멩
이 하나가 꼬리를 다리 사이에 감춘 개한테 날아갔다. 나는
눈물이 걷잡을 수 없이 흘러서 화장실로 달려가야 했다.

목이 잠긴 것 같은 마늘 장수의 외침에도 내 가슴이 떨렸
다. 그 목소리는 다른 목소리들에 눌려 겨우 들려왔다. 그런
데 왜 그렇게 소리쳤을까. 마늘을 먹으라고 권하는 그 외침에
사람들은 웃지 않을 수 없었다. "거 당신들 기분 나쁘게 왜 웃
는 거요?" 그의 목소리에는 절망적인 무언가가 담겨 있었다.
나는 수건으로 입을 막고 울었다. 눈물을 그치기 위한 방법은
거울을 보는 것이었다. 우느라 일그러진 내 얼굴이 꼴사나워

- smock. 옷이 더러워지는 것을 방지하기 위해 그 위에 입는 덧옷을 말한다.
- Rook. 체스의 말들 중 하나로, 직선으로만 움직일 수 있다. 장기의 車와 같다.

울음을 그칠 수밖에 없었으니까. 만일 학교에서 눈물이 나면 배가 아픈 척하며 화장실에 가고 싶다고 말해야 했다. 화장실에는 잠깐밖에 머물 수 없었다. 이상한 일이었다. 문이 열려 있어서 불시에 어른이 들어올 수 있었다.

열 살 때 나는 작은 소리로 노래를 부르기 시작했다. 큰북 소리 같은 도시의 소음이 내 목소리를 누르고도 남았지만 입술의 움직임은 숨겨야만 했다. 손을 얼굴로 가져가서 손가락을 광대에 대고 손바닥으로 입을 가렸다. 지금도 난 운전하면서 그런 식으로 노래하는 걸 좋아한다. 나도 모르는 어떤 청각 효과 때문에 귀에 강렬하고 선명한 소리가 들린다. 학교에서 선생님이 설명을 하시는 동안이나 창문이 열려 있어 혼잡한 도시의 소음이 흘러 들어올 때 그렇게 노래했다. 대부분의 사람들이 자동차 소음을 싫어했지만 나는 사람들 목소리보다는 오히려 그 소리가 더 좋았다. 누군가에게 하는 말이라기보다 목구멍 밖으로 내던져야 할 필요에 의해 나오는 날카로운 소리들이 피라미드처럼 올라왔다. 혼잡한 도시의 목소리들은 스스로를 파괴하고 싶어 하고 각자 다른 목소리를 눌러야 한다고 주장했다. 난 엔진 소리나 경보음 소리, 종소리, 팽팽한 타이어에서 바람 빠지는 소리를 좋아했다. 입에 손을 대고 귀를 위해 노래를 불렀다.

울고 노래했고 은밀하게 움직였다. 아버지의 책을 통해 내면으로 어른들을 알아가는 법을 배웠다. 어른들은 자신들이 믿고 싶어 하듯 그렇게 대단하지 않았다. 거대한 몸을 가진 기형적인 어린이들이었다. 어른들은 쉽게 상처 받았고 죄를 짓기 쉬웠으며 감상적이었고 그 행동들이 예측되었다. 나는 어른들의 동작을 예측할 수 있었다. 열 살에 나는 어른이라는 기계를 다루는 기계공이었다. 그들을 분해했다가 조립할 줄 알았다.

게다가 나는 그들의 말과 행동 사이에 벌어진 거리를 좋아하지 않았다. 그들은 스스로에게 한 말들조차 지키지 않았다. 지속하다mantenere. 열 살 때 내가 가장 좋아하는 단어였다. 이 말은 손을 잡는다는 약속, 지킨다는 약속을 담고 있었다. 이 말이 나에게 필요했다. 아버지는 시내에서 손잡는 걸 싫어했다. 길에서 그러길 원치 않았다. 잡아 보려고 하면 주머니에 손을 찔러 넣어 나로부터 몸을 피했다. 그러한 거부는 내가 그 자리에 가만히 있어야 한다는 걸 가르쳐 주었다. 아버지의 책들을 읽었기에 그러한 사실을 알았고 움직임 뒤에 숨어 있는 예리한 신경과 생각들을 알았다.

난 어른들을 알았다. 그들이 지나치게 과장하는 '사랑하다amare'라는 동사를 제외하고는 말이다. 그 동사를 사용하는 게 나는 피곤했다. 중학교 1학년 라틴어 문법 시간에 '-are' 로 끝나는 동사 원형을 일인칭으로 변형시키는 예로 사랑하다 동사가 사용되었다. 우리는 라틴어 사랑하다의 시제와 문법을 암송했다. 그것은 좋아하지는 않지만 억지로 먹어야 하는 케이크 같은 것이었다.

어른들은 사랑하다 동사의 절정에서 결혼을 하거나 서로를 죽였다. 우리 부모님의 결혼은 이 동사의 책임에서 비롯되었다. 내 동생과 나는 그 결과였는데, 동사 변화의 희한한 활용 중 하나였다. 그 동사 때문에 부모님은 싸웠고, 식탁에서 아무 말도 하지 않아 음식 씹는 소리만 들렸다.

책에는 사랑하다 동사를 둘러싼 복잡하고 꽉 막힌 움직임들이 있었다. 독자로서 나는 그걸 이야기의 한 요소라고 생각했다. 여행, 범죄, 섬, 야수 등 소설에 꼭 있어야 하는. 어른들은 라틴어에서 발굴한 기념비적인, 바로 그런 단어로 과장을 했다. 증오도 있었다. 나는 증오를 알았다. 그것은 끊어질 정도로 팽팽하게 긴장된 신경들로 전염되는 병이었다. 도시가 증오를 먹고 살았으며 비명과 사람 죽이는 소리가 아침인사를 대신했다. 사람들은 증오로 로또를 했다. 남부의 이주자들, 남부 것들, 집시, 아프리카인들을 향한 지금의 그 성난 증오가 아니었다. 굴욕감으로 인한 증오, 집에서 눌리고 밖에서 짓밟히는 것에 대한 증오였다. 그 증오가 눈물을 더욱 씁쓸하게 만들었다.

난 주위에서 사랑하다 동사를 보고 싶지 않았고 알고 싶지 않았다. 《돈키호테》를 다 읽자마자 확인했다. 둘시네아는 영웅적인 기사의 머릿속에 들어 있는 응고된 우유였다. 귀부인이 아니었고 이름이 알돈자였다. 이 책이 많은 독자들을 즐겁게 해 주었다는 걸 안다. 책을 글자 그대로 읽었고 그 책의 매 장마다 돈키호테가 경험해야 했던 결투 때문에 화가 나서 눈물이 났다.

대담하고 무미건조했던 돈키호테의 50년이 그 당시 내게는, 몽유병자처럼 지옥을 스쳐 지나는 사람을 위한 세월의 틀 같았다. 나는 한 장章 한 장 읽을 때마다 돈키호테 때문에 두려웠다. 독자로서 나의 사악함이 날 안심시켰다. 앞으로 읽을 페이지가 100여 쪽 더 남았으니 벌써 죽을 리 없어. 자신의 창조물을 공격해 상처 입히는 작가로 인해 나는 분노의 눈물을 흘렸다. 몽둥이로 수없이 두들겨 맞고 결투에서 패배한 후 돈키호테는 눈을 뜨고 자신의 잘못을 뉘우치는데, 눈이 뜨이는 순간 그의 눈앞의 현실은 초라한 모습 그대로였다. 하지만 열 살이던 내 눈에는 돈키호테가 옳았다. 그 어떤 것도 눈에 보이는 게 전부는 아니었다. 명백한 실수였다. 사방의 모든 것에는 두 개의 성질이 있었고 그림자가 있었다.

중학교 1학년 때 볼펜을 사용했다. 초등학교에서는 "써라…… 받아 적어"라는 선생님의 명령에 따라 펜을 잡고 펜촉을 잉크에 적셨다. 종이에 닿는 펜촉의 부위가 넓으면 잉크가 종이 위로 번져 나갔다. 잉크의 양이 너무 적으면 종이 위로 배어 나오지 않고 종이만 긁혔다. 집게손가락과 가운뎃손가락에 파란 잉크가 묻었다. 잉크를 흡수하는 종이를 함께 사용해야 했다. 가난한 학생들은 그 종이를 살 수 없어서 입김으로 잉크를 말렸는데 입김을 잘 불어야 했다. 잉크가 흩어지지 않게 산들바람처럼 살살. 적당한 입김에 글자들이 반짝반짝 흔들렸다. 마치 눈물과 꺼져 가는 불꽃처럼.

중학교에는 여자반이 없었다. 그래서 남학생들뿐이었다. 수업이 끝나면 아이들은 여자 중학교 앞으로 갔다. 나는 시간을 보낼 겸 그들을 따라갔다. 집으로 돌아가는 길이기도 했다. 여자 중학교 앞에서 들려오는 목소리들은 신경질적이고 이상하게 흥분이 배어 있었다. 서로를 부르는 소리, 비명, 깔깔대는 소리, 밀치기. 한 남학생 무리가 다른 무리 속으로 들어가 자신들과 전혀 다른 성性의 신비한 몸들과 최초로 슬며시 부딪쳤다. 그들은 새로운 종이 두 뭉치가 서로 뒤섞이듯 친밀하고 떠들썩했다. 남자와 여자 들은 자신들의 차이를 과장되게 드러내며 즐거워했다.

나는 보도 위에 벽을 등지고 서서 그 해방된 육체들을 바라보았다. 우리는 전쟁이 끝난 뒤 새로 태어났다. 우리는 큰 파도가 지나가고 난 뒤의 거품이었다.

포마드와 화장품 냄새가 공기를 무겁게 만들었다. 나는 이해도 제대로 하지 못한 채 15분 동안 하교 광경을 지켜보고 있었다. 그 세대는 아직 어떤 책에도 등장하지 않았다. 그 남학생 무리는 수족관의 뱀장어들처럼 정신없이 부산한 그 여자애들에게 무슨 매력을 느끼는 걸까? 난 그 애들 때문에, 나 자신 때문에 절망했다. 우린 절대 만날 일이 없을 것이다. 여름의 섬에서도, 주크박스에 동전을 집어넣고 음악을 사는 한낮의 바에서도. 나는 수영을 하거나 해변에서 어부들이 그 물을 땅으로 끌어올리는 광경을 바라보고 있을 테니.

밧줄은 몽둥이처럼 굵었고 물을 흠뻑 빨아들여서 여섯 명이 해변으로 끌어당겼다. 어부들은 지휘자의 구령에 따라 박자를 맞추어 밧줄을 몇 센티미터씩 끌어당겨 1미터를 옮겼다. 주위에서 뱃사람들이 그 광경을 지켜보았고 외지인이라는 티를 내지 않으려고 나도 그 속에 섞여 보려 애썼다. 나는 빛바랜 파란 바지와 하얀 러닝셔츠 차림에 맨발이었지만 도시 냄새가 몸에 배어 있었다.

밧줄 끝에 매달린 그물이 올라오자 엄청나게 많은 생선들이 반짝이는 하얀 배를 드러내며 자갈이 뒤섞인 모래 위로 쏟아졌다. 생선들은 태양 아래에서 반짝반짝 빛났고 태양은 곧이어 계단식 포도밭 뒤로 서서히 사라졌다. 그물낚시는 피로 물들지 않을 수 있는 유일한 낚시였다. 바구니를 든 여자들이 재빨리 생선들을 선별하고 나누었다. 오후에는 대개 낚싯대와 아침에 모래사장에서 잡은 지렁이 두 마리를 가지고 부두로 가곤 했다. 부두에 앉아 입질을 기다렸다. 여덟 시에 집에 들어왔고 그러면 여름날이 끝났다. 내가 열 살이 되던 그해에는 저녁식사 후에도 외출할 수 있다는 허락을 처음으로 받았다. 섬에서 나는 울음을 그치고 노래를 불렀다.

나보다 두 살 어린 내 여동생은 본능 발사기였다. 순간의 기분을 제어하지 않고 주변으로 발산해 버렸다. 잠에서 깨면

학교와 기타 등등 자신을 괴롭히는 세상을 향해 분노를 터뜨렸다. 그리고 어떤 놀이든 땀을 흘리며 열심히 했고 공놀이를 좋아했다. 방과 방 사이의 좁은 공간에서 작은 공으로 거칠기 짝이 없는 축구를 하자고 나를 졸랐다. 밀고 꼬집고 소리 지르고 발로 차다가 동생이 승리했고 좋아서 소란을 떨어 댔다. 동생은 탁구, 테니스, 배구를 배우고 싶어 했다. 모퉁이를 찾아내는 본능이 있었다. 그 애는 공간의 성질을 본능적으로 파악해서 생각지도 못한 방법으로 공격을 시작했는데, 큰 노력을 기울이지 않고도 그런 생각을 해냈다.

집에 있는 걸 좋아하는 나와 달리 동생은 밖에서 일어나는 일에 관심이 많았고 발코니에서 많은 시간을 보냈다. 학교에서는 인기가 제일 많은 학생이어서 점심 초대를 받곤 했고 오후에는 다른 친구 집에서 놀았다. 자고 오기도 했다. 여름에는 여러 집에서 초대를 받았다. 《바람과 함께 사라지다》 본문을 외울 수도 있었고 야무지게 싸울 줄도 알았다. 동생이 소리치면 골목이 조용해졌다. "부인, 그냥 내버려 두세요. 저렇게 소리 지르다 보면 스트레스가 풀릴 거예요." 같은 건물에 사는 아주머니들이 엄마에게 말했다. 우리 둘 중 하나는 요람에서 다른 아기와 바뀐 게 틀림없다고, 그게 아마 나일 거라고 생각할 정도로, 그렇게 성격이 판이하게 달랐다. 동생은 서커스를 좋아해서 겨울에 푸오리그로타●에 서커스 천막이 쳐지면 우리 네 식구는 억지로 서커스를 보러 가야 했다. 동생은 이탈을 허락하지 않았다. 서커스에서 박수를 치고 환호성을 지르며 즐거워했다. 공연이 끝날 무렵에는 광대가 동생을 의자에서 일으켜 세워, 목말을 태우고 무대로 데려가서 한 바퀴 빙글빙글 돌았다. 그 위에서 동생은 자신에게 어울리는 최고의 영광을 누렸다.

이 아이는 어른이 되면 서커스단과 전 세계를 돌겠구나, 난 그렇게 생각했지만 동생은 나폴리를 떠나지 않았다. 아마 동생 생각이 맞았을 것이다. 나폴리보다 더 큰 서커스는 세상에 없었다.

중학교 1학년이던 그해에 난 수학에서 낙제했다. 난 내가 수학에 열등하다는 증거를 발견했다. 여러 가지 연산을 따라갈 수가 없었다. 설명을 부탁하지도 못하고 뒤에 처져 있었다. 나는 다른 아이들이 숫자 위로 달리는 것을 보았다. 그런데 나는 출발점에 서 있었다. 자신이 열등하다는 것을 발견하면 스스로에 대해 결정을 내리는 데 도움이 된다. 나는 굴욕을 느끼지 않고 그 사실을 받아들였다. 인정하기만 하면 될 일이었다. 내가 스쳐 보지도 못했던 무한한 지식의 영역들이 있었다. 10월에 난 시험을 통과했다. 하지만 내 무능력을 극복하지는 못했다. 어떤 일에 아무리 유능하다 해도 내가 부족하다는 인식을 수정할 수는 없었다.

섬의 젊은 선생님이 바 테이블에서 내게 재차 반복해서 가르쳐 주었다. 대머리였던 그는 머리카락 일부를 한쪽 광대 부근에서 끌어당겨 다른 쪽 광대 부근에 붙였는데, 말을 할 때면 입에서라기보다 코에서 가느다란 소리가 흘러나왔다. 수학에 쩔쩔매는 나를 조롱했고 다양한 굴욕감을 멋지게 안겨 주었다. "넌 정말 뛰어난 아이야. 그런데 수학에서는 왜 이렇게 멍청하지?"

나는 개인적으로 희년••을 정하고 글쓰기를 통해 50년 전의 내게로 다가가는 중이다. 열 살이라는 나이는, 그때까지 날 글쓰기로 유혹하지 않았다. 유년기의 변덕스러운 내면도 사춘기 소년의 몸에 나타나는 물리적 변화도 열 살 때는 없었다. 열 살에는 미래의 온갖 모양을 담은 빈 껍질이 몸 안에 있

- Fuorigrotta. 나폴리 서쪽에 자리 잡은 지역이다.
- • Year of Jubilee. 고대 이스라엘에서 50년마다 공포되었던 해방의 해. 가톨릭에서는 1479년부터 25년마다 성탄절에 교황이 산 피에트로 대성당의 문을 열고 특별한 대사를 베푼다. 에리 데 루카는 주인공 소년이 스스로에게 휴식을 주어 50년 전을 회상한다는 뜻으로 썼다.

었다. 어른인 체하며 밖을 바라보지만 발에 꽉 끼는 작은 신발을 신은 것과 같았다. 목소리와 이제 사용하지 않아도 보관은 하고 있는 장난감들 때문에 열 살은 여전히 어린이로 정의할 수 있는 나이였다.

나는 계속 만화 신문 몇 개를 읽었지만 내 뇌를 채워 주고 사고의 폭을 넓혀 준 것은 책이었다. 책을 읽는다는 건 배를 타고 바다로 나가는 것과 비슷했다. 책에 코를 박고 읽을 때 코는 파도를 가르는 뱃머리였고 줄줄이 적힌 글들은 파도였다. 나는 천천히 노를 저어 갔다. 이해되지 않는 단어들도 가끔 등장했지만 사전을 찾아보지 않고 그냥 두었다. 그 단어가 이해될 때까지 단어의 의미는 어렴풋하기만 했다. 혼자서 이해에 도달하고, 다양한 상황에서 그 단어를 만날 때마다 정의를 내려야만 했다.

50년이 흘러 이제 나는 열 살 이후에 만들어진 나의 틀들을 보관해야 하는 나이에 다가가고 있다. 그 시절에서 멀어진 나는 그때 만들어진 내 자신의 지방을 소모하면서 다양한 요소들을 지웠다. 그 조그마한 몸속에 질풍노도 시기의 감동과 분노가 담겨 있었다. 라틴어 훈련은 그 뒤에 배울 언어들을 위한 준비운동이었다. 화산의 분화구에는 내가 기어 올라가야 할 산들이 있었다. 전쟁으로 쌓인 폐허에는 내가 가로질렀던 보스니아가 있었다. 이탈리아가 20세기 마지막 해에 베오그라드에 가한 폭격도. 나는 다뉴브 강과 사바 강이 내려다보이는 호텔 창가에 서서 그 폭격을 맞이했다.

운명이란, 사전적 정의에 따르면 미리 정해진 길이다. 스페인어로는 더욱 단순하게 도착지를 뜻한다. 나폴리에서 태어난 사람에게 운명이란 뒤에 있는 것이며, 그 지방 출신이라는 사실이다. 나폴리에서 태어나 거기서 성장한다는 건 운명의 힘을 무기력하게 만들어 버린다. 나폴리 사람이 어디를 가든 이미 운명을 지참금으로 가지고 있는데, 그것의 반은 바닥짐이고 반은 통행권이다. 엄마와 할머니, 아주머니의 이야기들 속에는 거대한 이야기 창고가 들어 있다. 그들의 목소리가 내가 쓰는 문장을 만들어 내는데, 내 문장들은 그것을 발음하는 데 필요한 호흡보다도 짧다.

그 여름 해변에서 나는 가로세로 낱말 퍼즐과 퀴즈와 글자 수수께끼, 암호문 도표에 몰두했다. 제대로 풀지 못하면 다음 호에 나온 해답을 보았다. 공백을 남겨 둔 채 앞으로 나갔다. 지금 나는 수수께끼 풀이가 글쓰기의 훌륭한 학교라고 생각한다. 요구된 정의에 일치해야 하기 때문에 단어를 정확하게 사용하는 훈련을 할 수 있게 해 준다. 비슷한 말들은 제외시키는데 이러한 제외가 이야기를 쓰는 사람의 어휘에서 큰 부분을 차지한다. 수수께끼 풀기는 내게 언어를 사용할 때 필요한 곡예사 같은 재능을 선물해 주었다. 하지만 그 당시 나는 언어를 기계적으로 만들어 내는 게 그 수수께끼 풀기의 유일한 결점이라고 생각했다.

난 어른들에게 도움을 청하지도, 어떤 이름이나 내가 모르는 사건에 대한 정보를 구하지도 않았다. 오히려 어른들이 내게 물어보곤 했다. 미묘한 문제였다. 난 해답을 알고 있어도 신경 써서 그 답을 말해야 했다. 그냥 말할 수는 없었다. 그건 자존심 문제였다. "정답이 생각날락 말락 해요. 분명 이건……." 어른들이 대답 못하면 잠시 후 나는 그 문제만 생각하는 척하다가 대답했다. 나는 책에서 어른들을 배웠다. 어른들에게 어떻게 해야 하는지 알고 있었다. 하지만 내 또래들에 대해서는 아무것도 몰랐다. 학교에서 억지로 돌아가며 놀아야 할 때를 제외하고는 그 아이들과 같이 시간을 보내지 않았다.

북부에서 온 소녀가 옆 파라솔에서 추리소설을 읽으며 시간을 보냈다. 우리 할머니가 하루 만에 다 읽는 소설책이었다. 나는 하루 만에 책 한 권을 읽을 수 있다는 사실에 깜짝 놀랐다. 나는 지금도 한 줄 한 줄 매우 느리게 읽어 나간다.

자전거 달리는 속도로 책을 읽는 사람과 비교하면 나는 걸어가는 것과 같았다. 그 소녀는 매우 빠르게 책을 읽었고 주위에서 무슨 일이 벌어져도 관심을 보이지 않았다. 그 아이의 엄마가 바다에 들어가 시원하게 몸을 좀 식히라고 권하며 독서를 중단시켰다. 소녀는 책을 보던 그대로 수건에 올려놓은 채 짜증 내지 않고, 그렇다고 신나 하지도 않으며 엄마의 권유를 따랐다. 물에 닿을 때도 야단스러운 동작은 전혀 하지 않았다. 마치 다른 방에 들어가듯 가볍게 들어갔다. 10여 분 정도 배영을 하다가 해변으로 다시 올라왔다. 모래 위에서 물에 젖은 밤색 머리를 꼭 짜고 수건으로 닦고 다시 누워 책을 읽었다.

나는 호기심에 그 소녀를 보았다. 그 아이도 책장을 넘길 때 재빨리, 진지한 얼굴로, 양미간 사이에 의문 부호를 그린 채 내 쪽을 보았다. 그 아이가 매력적이라는 생각은 머리를 스치지도 않았다. 누워서 책을 읽는 그 아이의 몸을 보아도 아무 느낌 없었다. 내 생각은 갇혀 있었다. 도시에서는 울었는데 바다에서는 왜 울지 않는지조차 스스로에게 설명할 길이 없었다. 여름 한철 동안 내 몸에 소금이 달라붙어 방패가 되어 준 게 틀림없었다.

그 아이는 여자 중학교에서 나와 남자아이들과 싸우듯 뒤

섞이던 여학생들과 달랐다. 그와는 정반대의 효과, 그러니까 침묵과 공간을 자신의 주위에 만들어 냈다. 반짝반짝 윤이 나는 나무 보트가 지나갔다. 보트 엔진 뒤로 길게 남은 하얀 물 거품이 아름다웠다. 소녀는 돌아보지 않았다. 열한 시에 지나가는 작은 증기선이 그것을 즐길 줄 아는 사람들을 위해 유쾌한 파도를 만들어 내며 멀어졌다. 엄마들은 한쪽에 길게 늘어서서 파도 타는 아이들의 보초를 섰다. 어떤 엄마는 통제 범위를 벗어나 있는 아들을 부르기도 했다. 소녀는 그 모든 일에 완전히 무관심했다. 나는 그 아이가 남부를 안중에도 두지 않아서 다행이라 생각했다. 물론 남부에 대해서 어떻게 관심을 가져야 하는지도 모를 게 분명했다.

나는 새로운 사실을 알았다. 내가 같은 또래에게 관심을 보이고 있다는 것이었다. 내가 먼저 "지금 무슨 책 읽어?"라고 말을 걸 수는 없었다. 무슨 책인지 벌써 다 알고 있었으니까.

열한 시에 증기선이 지나가고 나면 바에 가서 하드 사먹으로고 엄마가 20리라를 주었다. 나는 목재 테라스 아래로 하드를 사 먹으러 갔다. 내가 하드를 사고 있을 때 소녀가 와서 나와 똑같은 것을 주문했다. 하드 봉지를 뜯으면서 소녀가 말했다. "추리소설을 읽고 있어." 마치 아무 일도 아닌 듯 내가 조그맣게 대답했다. "알아. 네가 읽는 것하고 똑같은 책을 일요일마다 우리 할머니에게 갖다 드리거든. 할머니는 월요일에 그 책을 다 읽어 버리시곤 6일 동안 기다리셔."

"가서 좀 앉자." 그 아이는 이렇게 말하고 앞서갔다. 나는 테라스 기둥까지 가지 않고 나무 계단에서 걸음을 멈췄다.

"몇 학년이야?" 내가 물었다.

"바보 같은 질문으로 시간 낭비하지 말자. 너는 왜 그러는 건데?"

나는 그 아이가 뭘 묻는 건지 곰곰이 생각하다가 대답했다. "난 글로 쓰인 건 뭐든 좋아해. 신문, 목록 등등. 바에서 파는 메뉴와 가격을 다 외울 줄 알아. 난 뭐든 읽어."

"나도 그래. 그렇지만 그걸로 네가 저 애들과 함께 어울리지 않는 게 설명이 안 돼." 소녀가 모래사장에서 공놀이를 하는 한 무리의 아이들을 보았다.

"같이 어울릴 줄 몰라. 난 저 애들 놀이를 좋아하지 않아. 오후에는 수영하러 가거나 해변에서 어부들이 그물 끌어올리는 걸 구경해. 아는 아저씨가 가끔 낚시하러 갈 때 배를 태워 주기도 해. 난 노를 조금 저을 줄 알아."

"난 작가야."

나는 깜짝 놀랐고 코를 풀었다. 자외선 차단제로 사용하는 아몬드 오일 냄새가 가까이에서 더 많이 났다. 우리 지방에서는 여름에 피부를 태우는 습관이 있었다. 바늘로 터뜨려야 할 정도로 물집이 잡히고 나면 두껍고 거무스름한 두 번째 피부가 자리를 잡았다. 소녀는 '태양의 샤워'라는 뜻의 이름이 붙은 프랑스제 튜브형 제품을 썼다. 단어의 사용이 적절해 보이지 않았다. 가로세로 낱말 퍼즐 단어로는 절대 사용되지 않을 것이다. 샤워는 태양 아래에서 할 수 있지, 태양으로는 할 수 없다. 아니면 크림으로 샤워하는 게 맞다. 이미 알고 있는 바지만 광고에서는 정확함보다는 암시를 좋아한다. 그 아이에게 딱 맞는 향기였다.

"이런, 작가라, 그럼 넌 어른들이 어떤지, 어른들이 어떻게 행동하는지 잘 알겠구나. 나도 알아. 하지만 글을 쓰지 않아. 난 어른들이 자신들의 행동이 노출되었다는 걸 알게 되는 게 싫어."

"난 어른들 세계는 아무것도 모르고 중요하지도 않아. 내가 쓰는 건 동물 이야기야. 그 행동을 연구해. 동물들은 몸으로 긴 이야기를 나누는데 그 대화 시간이 우리의 한 시간가량 돼. 그런데 우린 절대 이해할 수 없어. 나도 동물들처럼 하려고 애써. 시간을 낭비하지 않고."

소녀의 어머니가 우리 쪽으로 왔다. 나는 예의 바르게 행동하려고 일어서서 말했다. "안녕하세요, 부인. 제 이름은……" 그 아이 어머니가 억지로 미소 지으며 우리를 지나 계단으로 올라갔다.

"늑대 새끼처럼 행동했어." 그 아이가 말했다.

"내가 시간 낭비는 안 했어?"

"동물들은 서로 인사를 아주 많이 해. 이제 내가 너에게 인사해야겠다." 소녀는 일어서더니 자기 엄마를 따라갔다. 나는 몸을 돌려 하드를 들고 있는 그 아이의 손을 보았다. 하드가 다 녹아내린 빈 막대를 꽉 쥐고 있었다.

아버지는 미국에 계셨다. 1900년대 초 이탈리아에 온 미국 여인의 넷째 아들이었던 아버지는 자신의 어머니의 영향으로 미국에 대한 동경을 품었다. 그 여인은 나폴리 남자와 결혼했는데 할아버지에 대해서는 남아 있는 사진 몇 장으로밖에 알지 못했다. 사진 속의 할아버지는 절대 웃는 법 없이 진지한 얼굴이었다. 아버지는 어릴 때부터 미국에 가고 싶어 했다. 크리스마스에 아버지의 할머니가 뉴욕에서 보낸 큰 상자가 도착했는데 그 안에는 선물이 가득했다. 아버지가 한 번도 본 적 없는 물건들이었다. 그 장난감들로 일 년 내내 놀 수 있었다. 미국은 그 상자였고 어머니의 언어였다. 미국에 갈 수 있는 나이가 되자 파시스트 정권과 미국 간의 전쟁이 발발했다.

자신의 혈육과 싸워서는 안 되었기에 나폴리 출신의 아버지는 알바니아에 파병된 산악 부대에 자원했다. 나폴리에 미국인들이 오자 아버지는 매우 실망했다. 찰스 폴레티를 비롯한 다른 이탈리아계 미국인 혼혈들이 부대를 지휘했는데 그들은 미국이 아니라 리틀 이탈리아였다. 그들이 "파이사"•라고 말하는 소리를 들으면 아버지는 소름이 돋았다. 아버지의 책장은 미국 문학 작품으로 가득 찼다. 나도 그 책들을 읽었고 그 책들이 좋았다. 시간 낭비가 아니었다. 내적인 성찰은 전혀 없었지만 인간과 자연에 대한 이야기들이 담겨 있었다. 속도와 일을 위해 쓰인 작품들이었다. 아버지는 당신이 반은 미국인이라고 생각했다. 어려서부터 할머니가 증조할머니와 주고받은 편지의 우표들을 모았다. 제일 아름다운 우표는 대서양에서 북아메리카로 가는 사람들의 전초기지인 뉴펀들랜드 섬이 그려진 우표였다. 아버지는 그 서쪽에 당신의 욕망을 모두 집중했다.

마침내 그해 여름, 아버지는 뉴욕에 계셨다. 파라솔 아래에 아버지의 에너지가 필요했다. 예전에 아버지는 내 발을 질질 끌어 바다로 데려갔다. 난 아버지에게 매달려 물에 들어가기 바로 직전에 겨우 펜과 수수께끼 신문을 손에서 놓았다. 아버지는 내게 물을 뿌리고 물에 빠뜨렸다. 목말을 태웠다가 바다에서 공중에 던졌다. 나는 그런 짓궂은 놀이를 받아들였고 나를 정당화했다. 아버지의 그런 장난은 그 이후 어떤 놀이와도 비교할 수 없었다고 말이다. 그렇게 할 수 있는 아버지는 우리 아버지 말고는 아무도 없었다. 자식들을 자유롭게, 동등하게 대하는 아버지는 그 어디에도 없었다. 아버지의 그런 행동은 다른 사람들에게 다소 충격을 주었고 질투심을 불러일으켰다.

그 여름 나는 아버지에게 끌려가지 않고 파라솔 아래에서 글로 쓰인 것이라면 뭐든 읽었다.

해변에는 용수철처럼 튀는 내 동생도 없었다. 우리의 교육은 둘로 분명하게 나뉘어 있었고 그 둘의 요란한 힘이 섞이지는 않았다. 난 뉴욕에서 아버지가 보낸 엽서 한 장을 가지고 다녔다. 녹아내리는 하드 막대를 손에 든 채 내일 소녀에게 엽서를 보여 주리라 생각했다.

• paisa. '고향 사람'이라는 뜻의 나폴리 지역 사투리.

"우리 아빠는 미국에 계셔. 아빠는 아메리카라고 하시는데 난 나라 이름을 말하는 게 좋아. 아메리카는 남쪽에도 있잖아."

"뭐 하러 미국에 가셨는데? 이민?"

다음 날 열한 시에 증기선이 지나간 뒤 우리는 계단에서 다시 만났다. 나는 하드에 주의를 좀 더 기울였다. 그 전에 파라솔에서 우리는 그냥 가벼운 목례만 나누었다.

"아빠는 비행기 타고 가셨어. 이민은 아니지만 지금 일자리를 찾고 계셔. 아홉 달 정도 거기 계실 거야. 비자가 만료될 때까지. 운이 좋아 직장을 구하면 우리를 부르실 거야."

영사관의 직인이 찍힌 엄청나게 많은 서류가 필요했다. 미국에서 온 '선서 진술서'도 필요했고 마지막에 '보안 검사', 범죄 기록 조회 서류도 필요했다. 아버지는 전쟁이 끝난 뒤 로마에서 살았는데 그걸 증명할 경찰서의 서류도 있어야 했다. 그 서류까지 도착하자 영사관에서 사진을 찍는 다른 수속들이 남았다. 정면, 측면 사진 촬영과 지문을 채취하고 예방 접종도 있었다. 미국은 외국인에게 아주 까다로웠다. 하지만 그 당시 이탈리아는 자국을 거쳐 가는 난민들에게 거의 아무것도 요구하지 않았는데 이탈리아에 정착하고 싶어 하는 난민이 전혀 없었기 때문이었다.

그 당시 미국으로 가는 비행기는 아일랜드를 경유했다. 거기서 비행기는 대서양의 5,000미터 상공으로 올라갔다. 지금은 그 두 배의 고도에서 비행한다.

"미국에서 너희 가족에게 편지를 보내셔? 무슨 얘기를 쓰시는데?"

"〈게르니카〉 그림을 보러 가셨대."

"그거 알아. 얘기해, 시간 낭비하지 말고."

난 우리에게 시간이 아주 많아서 시간이 부족한 사람에게 선물할 수 있을 것 같았다. 그래, 시간을 상자에 넣어 포장해서 크리스마스 선물로 줄 수 없을까? 내겐 시간이 아주 많았다. 내 시간에다가 책들 속에 들어 있는 시간까지 더해서. 그렇지만 소녀의 말이 맞을 수 있었다. 동물들은 시간을 낭비해서는 안 되었다. 주어진 시간은 낭비하지 않는 만큼 지속된다. 나머지는 사라진다.

"자, 얘기해 봐. 빨리."

"음, 해 볼게. 미안해. 얘기하는 데 익숙하지 않아서."

"좋아, 동물들도 개들을 제외하고는 목소리는 별로 사용하지 않아. 그리고 난 개들이 싫어."

"아빠는 반은 미국인이야. 할머니가 미국에서 태어나셨는데 나폴리에서 결혼하셨어. 할머니는 미국으로 돌아가지 않으셨어."

"돌아가셨어?"

"아니, 우린 일요일에 할머니를 찾아뵈러 가."

"추리소설을 하루에 다 읽으신다는 그 할머니?"

"아니, 그분은 외할머니야."

소녀의 어머니가 우리 쪽으로 오는 게 보였다. 내가 일어나려고 하자 그 아이가 나를 제지했다. 그 아이가 얼굴을 들어 어머니를 향해 고개를 저었다. 어찌나 세게 저었는지 그 아이 어머니는 그 자리에서 멈췄다가 되돌아갔다.

"계속해."

"아빠 편지에 뉴욕에 나프타와 담배 냄새가 난다고 쓰여 있어. 몽고메리 클리프트와 엘리자베스 테일러가 나오는 영화를 보셨대. 센트럴 파크에 가서, 도시 안에 있는 넓은 풀밭을 보셨대. 나폴리에 있는 빌라 코무날레•에는 풀이 자라지 않거든. 제때 자라지 않아. 그리고 롱아일랜드에 가셨대. 한 레스토랑에서 제노바 출신의 종업원들을 만났다고 해. 걸어서 브루클린에 갔다가 아빠 할머니가 살았던 집 앞을 지나셨대. 크리스마스 때 선물이 잔뜩 든 상자를 보내 주신 할머니래. 그리고 고층 건물에 올라가셨대."

"엠파이어스테이트 빌딩?"

"응, 그 빌딩."

"그리고 푸마를 보셨대?"

"물론이지. 그걸 타고 집으로 오셨다는데."

"푸마를?"

"풀만."●● 난 북부에서는 풀만을 다르게 발음한다고 생각했다.

"무슨 풀만? 푸마 말이야, 산에 사는 사자."

"아니, 그 얘긴 편지에 없었어."

"아마 보셨을 거야. 푸마를 만났는데 네가 놀랄까 봐 편지에 쓰지 않으셨을 거야."

"난 글로 쓰인 걸 믿어. 말로는 엄청난 거짓말을 하거든. 하지만 누군가 그 말을 글로 쓰면 그건 진짜야."

"난 그런 생각을 해 보지는 않았어. 맞아, 내가 동물 이야기를 쓰면 그 이야기들은 진짜가 되는 거야."

"당나귀가 난다고 써도?"

"그런 바보 같은 글은 쓰지 않지만, 만약 내가 걸어 다니

● Vila Comunale. 18세기에 해안가에 만들어진 나폴리의 대표적인 공원이다.

●● pullman. 이탈리아어로 관광버스나 노선버스를 일컫다.

는 나비를 봤다고 쓴다면 그건 사실이야. 내 말 믿어?"

"그래, 그런데 그렇게 쓴 걸 직접 보는 게 더 좋겠다."

소녀의 어머니가 다시 우리 쪽으로 왔다. 소녀가 일어섰다. 나도 일어서서 소녀 어머니가 지나갈 수 있게 나무 계단 한쪽으로 비켜섰다. 주위에 있던 아이들이 내 흉내를 냈다. 내가 바라보자 그 아이들이 웃었다. 탈의실 벽에서 내가 소녀를 사랑하고 있다는 분필 낙서를 발견했다. 우리들 이름도 적혀 있었다. 사랑? 나란히 앉아서 이야기 나눈 두 사람이? 아이들은 사랑이라는 단어가 소설 속에서 얼마나 큰 문제들을 만들어 내는지 전혀 알지 못했다. 낙서를 지워 버리고 싶었다. 그러다가 다시 생각해 보았다. 험담에 신경 쓸 필요가 전혀 없었다. 누군가에게 나쁜 말을 들을 때마다 어머니가 되뇌는 속담이 있었다. "욕을 먹은 말의 털이 더 윤기 난다."

엄마는 해변에서 담배를 피우며 일간지를 모두 읽었다. 엄마는 세상에서 벌어지는 일을, 특히 미국에서 일어나는 일을 알고 싶어 했다. 엄마가 바다로 가면 난 엄마에게 무슨 일이 있지는 않았는지 지켜보았다. 엄마는 나와 함께 수영을 하고 싶어 하지 않았다. 엄마가 바다에서 나오면 난 다시 책을 읽기 시작했다. 소녀가 나를 보았다. 나도 그 아이를 보았지만 엄마가 바다에 들어가 있을 때에는 엄마에게 주의를 기울였

다. 엄마는 아버지를 그리워하지 않는 것 같았다. 아니 분명
그리워하지 않았다. 우리는 함께 아버지가 보낸 편지를 읽었
다. 가장 최근 편지에서는 대서양에서 수영한 얘기며 육지로
밀려든 파도, 30분 만에 육지 100여 미터를 뒤덮은 만조 이야
기가 적혀 있었다. 우리 고장에서 파도는 몇 센티미터씩 밀려
올 뿐이었다. 미국은 기질적으로 모든 게 과도한 나라였다.

소녀와 나는 우리가 지난번에 앉았던 아래쪽 계단에서 하
드를 먹고 있었고 아이들이 공놀이를 하러 왔다. 그 아이들은
기둥들 사이에 골문을 만들었는데, 나를 그 공놀이에 끌어들
이고 싶어 하는 것 같았다. 일부러 우리 쪽으로 공을 찼다. 난
소녀를 보호하기 위해 자리를 바꿨다. 우리를 겨냥한 공을 한
팔로 두 번 막아 냈는데 그 뒤에 잘못 찬 공이 바 안으로 들어
갔다. 수상 안전 요원이 내려와서 아이들을 쫓았다. 그 사람
에게는 장난을 칠 수가 없었다. 나는 그 아이들이 내게 화가
나 있다는 걸 알았다. 그 아이들은 나보다 적어도 한 살은 더
많았다. 학교에서 불쾌한 일들이 있어도 신경 쓰지 않았지만,
여기서는 아무 상관없는 소녀가 있었기에 신경이 쓰였다.
소녀는 동물 이야기를 했다. 하마는 물속에서 걷고 물속
에서 회의를 한다. 땅에서 해야 할 일을 물속에서 결정한다.

물속에서는 아주 가벼워져서 땅에서보다 훨씬 더 좋은 생각들이 떠오른다. 하마가 물에 들어가면 악어들이 달아난다. 사자도 악어를 무서워하기 때문에 그 이야기를 듣고 나는 깜짝 놀랐다. 소녀 말이 하마가 악어보다 훨씬 세단다. 나는 소녀에게 이런 이야기도 썼냐고 물었다. 소녀는 그렇다고 대답했다. 소녀는 물고기에 대해 내게 물었다. 나는 무늬가 표범과 정반대인 곰치 이야기를 들려주었다. 곰치는 검은 바탕에 노란 얼룩이었다. 만일 뭔가를 물면 턱이 자물쇠처럼 잠겨 죽어도 그걸 열 수가 없었다. 바닷가 모래 속에 살며 등에 독성의 가시가 하나 있는 동미리 이야기를 해 주었다. 그걸 밟으면 아주 좋지 않았다. 한 번 동미리를 밟은 적이 있는데 발이, 그리고 몸이, 심지어 머리까지 몹시 아팠었다. 수상 안전 요원이 어느 아이에게 내 발에 오줌을 누라고 했다. 아이는 내키지 않아 했다. 부끄러워했다. 하지만 안전 요원은 장난으로 그런 게 아니었다. 그렇게 해서 따뜻한 오줌이 내 발바닥에 닿았다. 난 엎드려 있어서 그 광경을 보지 못했다.

소녀는 이런 이야기를 들으며 웃지 않았다. 난 그게 마음에 들었다. 대개 이 이야기를 듣는 사람, 그러니까 동미리의 가시를 몰랐던 사람은 그 장면을 상상하며 즐거워하기 때문이다. 서서히 통증이 가라앉았다. 아버지는 소변에 암모니아가 들어 있어서 그 효과였다고 말했다. 소녀는 주의 깊게 들었고 갈색 윗눈썹을 찡그렸고 윗입술을 약간 깨물었다. 나는 이리저리 고개를 돌리지 않고 이야기를 하는 내내 소녀를 뚫어지게 보았다. 소녀는 눈으로도 이야기를 들을 수 있었다. 소녀는 어부들의 해변이 어디인지, 오후에 내가 낚싯줄을 드리우는 방파제가 어디 있는지 알고 싶어 했다. 방향을 알고 싶어 했다. 길을 물은 게 아니라 방위기점을 물었다. "방파제는 남쪽에 있어. 해는 왼쪽으로 지지." 그런 다음 우리는 인사를 나누었다.

나는 그날의 마지막 수영을 하러 갔다. 공차기를 하던 아이들 중 덩치 큰 아이가 내 뒤를 따라왔다. 다른 아이들에게 그 애가 하는 말이 들렸다. "내가 저 녀석 물 먹일게." 나는 파라솔로 돌아가지 않고 물속으로 들어갔다. 그 애가 물에 뛰어들어 내 쪽으로 왔다. 두 팔을 휘저으며 헤엄을 쳤다. 난 등을 돌리고 수영장에서 배운 대로 수영했다. 훈련되어 있는 나를 그 애는 따라올 수 없었다. 그 애는 겨우겨우 헤엄쳐서 해변으로 돌아갔다. 나도 해변으로 돌아와 파라솔로 걸어갔다. 집으로 돌아갈 준비를 마친 엄마가 야단을 쳤다. 엄마는 섬에서 날 자유롭게 내버려 두었지만 시간 준수를 중요하게 생각했다. 나는 용서를 구하고 엄마의 비치백을 들었다. 우리는 바닷가에 세를 얻은 방 두 개짜리 집으로 돌아갔다.

나는 점심식사 후에 그물낚시 하는 걸 좋아했다. 바위들을 뒤졌다. 그 무렵 엄마는 휴식을 취했다. 뜨거운 시간이었다. 더위와 매미 울음소리로 대기가 진동했다. 나는 맨발로 걸어 다녔는데 여름에 발바닥이 두터워져 데일 듯한 뜨거움이 느껴지지 않았다. 뜨거운 걸 늘 만지는 제빵사의 손처럼.

엄마가 낮잠에서 깰 시간이면 커피를 만들어 주고 다시 밖으로 나갔다.

밤에는 아버지가 샀던 책들을 읽었다. 인도양 식민지에 사는 영국인들의 이야기였다. 살인이 있었지만 범인을 찾을 수 없었다. 한 문장을 베껴 적었다. "벌을 받지 않고 그냥 넘어간 사람은 죄책감으로 괴로워하지 않는다." 지금은 이 말이 사실이라는 걸 안다. 그 당시에는 종교적 사실들을 뒤흔드는 충격이었다. 죄책감, 고백은 범죄의 피할 수 없는 결과였다. 하지만 책에서는 죄를 짓고도 벌을 받지 않고 무사히 넘어간 사람이 죗값을 치른다는 구절은 나오지 않았다. 다양한 요인들이 존재했고 그 요인에 의해 범죄는 무게를 갖지 않았다. 땅이 뒤흔들리는 충격이었다. 책을 읽으면서 충격적인 문장들을 만났다.

여덟 살에 첫 영성체를 받은 뒤 나는 일요일에 혼자 성당에 갔다. 아버지는 사회주의자였고 엄마는 종교의식을 좋아하지 않았으며 여동생은 나와 함께 성당에 가기에는 너무 어렸다. 난 천방지축인 동생을 보살필 수 없었다. 섬에서는 성당에 가지 않았다. 도시에서 성당은 편안하게 숨을 쉴 수 있는 자리였다. 그곳에서는 머리에 시원한 공기가 들어올 수 있었고 사람들 속에서 그들과 거리를 둘 수 있었다. 거리의 소음이 조개껍데기 안에 남은 파도 소리처럼 작아졌다. 섬에서는 그런 게 필요 없었다.

섬은 쫙 펼친 손이었다. 9월에는 포도가 주렁주렁 열려 수확을 기다렸다. 포도송이를 입안에 밀어 넣고 포도씨를 한 번에 하나씩 내뱉었다. 오후에는 맨발로 행복하게 땅을 밟으며 어린아이처럼 걸었다. 그것이 그 어떤 기도로도 가 닿을 수 없는 가장 확실한 은총이었다.

영국인들의 책은 다른 섬들, 거의 물밖에 없는 남반구의 드넓은 바다에 떠 있는 섬들을 이야기했다. 그곳에서 태어나지 않은 사람들에게 절망감을 주는 거대한 바다의 소식을 전했다. 작가는 부지런한 백인들과, 미소와 칼로 날렵한 민족을 다스리기 위해 파견된 사람들의 세상을 잘 아는 전문가였다. 내가 살고 있는 섬은, 크기는 하지만 대지의 품에 안겨 있는 지중해처럼 내게 딱 알맞았다. 유년기의 그 해변 이후 어떤 열대나 어떤 섬에도 매력을 느끼지 않았다. 섬은 내 욕망을 모두 충족시켜 주었다.

열 살에 보잘것없는 내 몸이 내게 사라지라고 다그쳤다. 나는 눈에 보이지 않을 방법을 궁리하며 걸었다. 파란 바지와 흰 러닝셔츠가 내 정체를 드러냈지만 거리에는 바지와 셔츠만 걸어 다닐 뿐 그 안에 나는 없었다. 그러나 아무도 신경 쓰지 않았다. 밤에는 알몸으로 침대에 누워 완전히 사라질 수 있었다.

어부들의 해변에서 노인들은 다리를 벌리고 앉아 그물을 수선했다. 그들의 손은 저절로 움직였다. 다들 시력이 좋지 않았지만 안경을 낀 사람은 아무도 없었다. 그들이 봐야 할 것을 손은 이미 다 기억하고 있었다. 그들 마음속에도 자리하고 있는 바다를 바라보며 짐작 가는 대로 수선했다. 나는 배를 탄 것처럼 해변에서 흔들흔들 몸을 움직였다. 아이들은 찢어진 그물 주위에서 바쁘게 움직였다. 아이들이 제일 좋아하는 놀이는 뭔가를 배우는 것이었다. 자기들도 해 보고 싶다고 부탁했다. 배의 물때를 닦아 내고 노를 거는 놋좆에 기름칠을 했다. 모터가 달린 목선은 몇 척 되지 않았다.

　가끔 나를 바다에 데리고 가 주는 어부에게 인사를 했다. 그는 아내와 자식들과 함께 해변의 단칸방에서 살았다. 밤이면 밖으로 나와 줄삼치를 잡을 낚싯줄을 던져두었고 어두운 바다에서 미끼들이 잘 움직이길, 물고기들이 그 미끼에 걸려들기를 기다렸다. 그러고 나서 물이 얕은 곳에 던져둔 100여 개의 낚싯줄을 거둬들였다. 한 마리도 안 잡혀도 다시 바다에 가서 미끼로 쓸 멸치를 바늘에 꿰었다. 이따금 큰 물고기가 미끼를 물었고 물고기가 바늘을 문 그대로 낚싯줄을 끌고 자기 집으로 돌아갔다. 그래서 두 사람이면 충분했다. 한 사람이 낚싯줄을 잡아당기면 다른 한 사람은 가야 할 방향으로 노를 저었다. 이를 뽑듯, 물고기를 끌어올려야 할 방향이 보였다. 바늘에 찔린 물고기들이 배의 힘에 저항해서 두 줄로 된 나일론 줄이 끊어지기도 했는데 그러면 물고기가 승리한 것이었다. 때로는 물고기가 지기도 했는데 그러면 바닷속 분노한 능성어의 주둥이와 몸통이 수면 위로 올라왔다. 또 어떤 때는 미끼를 문 물고기가 다른 물고기들로부터 공격을 당해서 갈기갈기 찢기기도 했다.

"행운이 따르지 않는 노동이지." 그들끼리 말했다. "고집 스러운 욕심 때문에 이런 일을 할 뿐이야." 능성어 한 마리 정 도라면 바다에서 밤을 샐 만했다.

엄마는 그 어부를 알고 있어서 바다가 잔잔한 밤에는 그 를 따라가게 허락해 주었다. 엄마가 얇은 양모 티셔츠를 주었 는데 거칠어서 몸이 따가웠다. 어부가 미끼를 달고 하나씩 바 다에 던지는 동안 나는 노를 저으며 그를 도왔다. 낚싯줄을 다 드리우면 기다렸다. 반짝이는 불빛들이 무리를 이룬 섬은 멀리 떨어져 있었다. 나는 뱃머리의 닻줄 더미에 누워서 떠가 는 밤하늘을 올려다보았다. 파도 때문에 등이 천천히 흔들렸 고 가슴은 무거운 공기 아래에서 부풀어 올랐다가 내려앉았 다. 어둠의 덩어리가 그렇게 높은 곳에서, 갈빗대를 누를 정 도로 무겁게 내려앉았다. 몇몇 조각들은 불빛들 사이로 떨어 져 바다에 뛰어들기 전에 사라졌다. 눈을 뜨고 있으려 했지만 쏟아져 내리듯 불어오는 바람에 눈이 감겼다. 나는 깜빡 잠이 들기도 했는데 일렁이는 파도 때문에 가끔씩 잠에서 깼다. 아 직도 야외에서 잠을 잘 때면 호흡 속에서 대기의 무게를, 살 갗을 찌르는 별빛을 느낀다.

밤에는 겨우 몇 마디만 입 밖에 냈다. 밤에는 침묵을 지키 는 게 옳다. 소리 없는 빛들이 반짝이는 수평선을 지나는 배도 그 침묵을 깨지 않았다. 가까이에서 움직이는 노를 스치는 바닷물 소리도. 어둠 속에서는 모음만으로 인사를 나누는데, 대기가 자음을 빨아들여서 바다에서는 자음을 쓸 수 없다. 모음 주변에 자음이 있다는 건 익히 알려져 있었다. 익숙한 기억에 따라 자신의 방에서 움직이는 앞이 보이지 않는 사람처럼 모음은 바다에서 자유롭게 움직였다.

그러다가 동쪽이라고 말하는 수평선의 한 지점을 회색빛이 서서히 물들이기 시작했다. 거기서 어둠이 흩어지기 시작했고 밑에서부터 밝은 빛이 올라왔다. 그래서 배 위에서 우리 손이 보이면 낚싯줄들을 끌어올리기 시작했다. 방향을 바꿔 노를 저으라는 말 한마디가 떨어졌다. 잡힌 물고기가 배 안으로 올라왔다. 마지막 방어를 하듯 나무 바닥에서 꼬리를 퍼덕였다. 어부가 물고기의 머리를 잡아 바늘을 뺐다. 이따금 목까지 바늘을 삼킨 물고기가 있는데 그러면 칼로 나일론 줄을 자르고 바늘을 그냥 목 안에 놔둬야 했다.

해가 수평선 위로 완전히 올라와 배보다 더 높이 떠오르면 우리는 일을 마쳤다. 서둘러 돌아가기 위해 어부가 노를 젓기 시작했다. 나는 셔츠를 잡아당겨 얼굴을 가리고 뱃머리에서 잠이 들었다. 집으로 돌아오면 그때 막 잠이 깬 엄마가 낚시가 어땠는지 손은 어떤지 물었다. "손 좀 보자." 손등이 보이게 내밀면 엄마가 손을 뒤집었다. "손이 다 망가졌네." 그리고 다시 놀렸다. "손 좀 가꿔야겠어, 촌뜨기야."

노를 밀면 물집이 몇 개 잡혔고, 소금기가 거기 더해졌다. 일을 한 손에 처음으로 굳은살이 박였다. 어린 내게 그건 진지한 놀이 그 이상 아무것도 아니었다. 도시에서 가게에 갇혀 노예처럼 일하거나 첫새벽부터 밤까지 배달하러 이리저리 달리는 내 또래 아이들과는 달랐다. 훨씬 뒤에 연장으로 인해 생긴 굳은살들을 내 손에서 발견하게 될 것이다.

해변에서 나는 경계를 해야만 했다. 표적이 되어 있었다. 아이들은 나를 괴롭힐 방법들을 다양하게 고안했다. 바다에서는 나를 따라올 수 없었다. 육지에는 세 명이 있었는데 골탕 먹일 핑계를 찾았다. 내가 모래사장에 누워 수수께끼 신문을 읽고 있으면 모래를 뿌리려고 내 옆을 달려갔다. 교대로 그렇게 했다. 몇 분에 한 번씩 다시 시작했다. 나는 바다에서 성게 한 마리를 잡았다. 그것을 신문 옆 모래 속에 살짝 숨겨 두었다. 첫 번째 아이는 아슬아슬하게 그 성게를 스쳐 지나갔다. 두 번째 아이는 슬리퍼를 신고 있었다. 맨발의 세 번째 아이가 성게를 밟고 용수철처럼 공중으로 튀어 올랐다. 비명을 지르며 모래밭에 떨어져 바다까지 굴러갔다. 다른 두 아이가 달려와서 검은 점들이 박힌 그 애 발바닥을 보았다. 끔찍한 통증이었을 것이다. 올리브 오일을 바르고 핀셋으로 가시를 하나씩 뽑아야 했다. 가시에 찔린 아이는 밟힌 성게를 멀리 밀어 버렸다. 소녀가 그것을 보았다. 소녀는 그 세 남자아이가 나를 싫어하는 이유가 자신과 관계가 있다는 것을 나보다 먼저 알아차렸다.

아이들은 화가 나서 내 쪽을 보았고 나는 계속 책을 읽었다. 남자들의 경쟁의식을 나는 알지 못했다. 성게 사건으로 동물을 무기로도 사용할 수 있다는 데에 깜짝 놀란 소녀가 내게 말해 주었다. 짝짓기 계절에 수컷들은 발정 난 암컷과 짝을 지으려고 서로 싸운다고 했다. 내게는 기술과 관련된 우스꽝스러운 단어 같았다.

"우리 남부에서 트로이 전쟁 때 그랬던 것처럼." 나는 최근 공부한 걸 이야기하고 싶었다.

"똑같지는 않아. 우리 북부에서 그 전쟁은 패자를 파멸시키려는 의지와 관련이 더 깊다고 해. 패자를 파멸시키려는 의지와도 관련이 있다고 해. 동물들은 그냥 사랑 때문에 싸우는 거야."

소녀가 사랑이라는 말을 했을 때 그 말은 고리타분하지

않았다. 입을 거의 벌리지 않고 사랑amore이란 단어의 'o'를 발음하는 나와 달리, 그 아이는 입을 동그랗게 하고 발음했다. 그 애를 흉내 내서 'o'를 과장되게 발음했다.

"왜 그래? 뭐가 웃기니? 사랑은 자연에서는 아주 존중받을 만한 단어야."

"미안, 'o'를 발음할 때 네가 입을 너무 크게 벌려서."

"넌 어떻게 하는데?"

난 말하기가 부끄러웠다.

"왜 그래? 부끄럽니? 너 아직 애구나."

"사랑."

"거봐, 웃기지 않아. 사랑은 진지한 거야. 동물들에게는 사랑이 찾아오면 그게 가장 큰 자극이 돼. 먹는 것도 마시는 것도 잊어버려. 9월 말에 숲에서 사슴들이 서로를 부르는 소리를 들었어. 어둠 속에서 싸우는 수컷들이 서로를 향해 내는 음침한 소리였지. 그 소리를 통해서 상대의 힘과 무게를 알 수 있어. 숨을 토해 냈을 때 그 소리가 하늘에 닿을 수 있을 정도로 그렇게 숨을 참았다가 내지르는 거지. 안 그러면 적에게 압도당하거든. 예전에 아빠가 숲에 데려가 줬어. 아빠는 사냥꾼이시거든."

넋을 놓고 소녀의 이야기를 들으며 소녀의 얼굴을, 그리고 입을 바라보았다.

"아직 깜깜했지만 새벽이 다가오고 있었어. 아빠가 갑자기 동작을 멈추더니 나보고 움직이지 말라고 했어. 아빠는 어깨에 멘 엽총을 내려서 총을 겨누었어. 난 깜짝 놀라서 아빠에게 안 된다고 아주 작게 말했지. 아빠는 방아쇠에서 손을 떼어 거칠게 조용히 하라는 신호를 보냈어. 아빠가 조준을 했어. 땅에 앉아 있던 나는 아빠가 뭘 겨누는지 보았어. 넓게 퍼진 두 개의 뿔이었지. 나는 다시 조그맣게 안 된다고 말했고 아빠도 다시 더 거칠게 손짓을 했어. 아빠가 총을 쐈어. 난 어떻게 할 수가 없었어. 눈을 감을 수도 귀를 막을 수도 없었지. 아빠가 숨을 내쉬었어. 그러면서 '빵!' 하고 소리를 냈지."

"총을 쏘셨어?" 내가 아주 조그맣게 물었다.

"아니, 입으로 빵, 하고 소리를 내신 거야. 그리고 총을 내려놓으셨지. 그 뒤로 다시는 나를 데려가지 않으셨어. 미워서일까, 사랑해서일까?"

대답을 기다리지 않고 소녀가 말했다. "내 생각에 '빵'은 사랑이야."

소녀는 갑자기 놀라운 추억이 떠올랐을 때처럼 미소를 지었다. "아빠는 2년 전부터 숲에 가지 않으셨어. 작년 늦가을,

11월에 돌아가셨어. 날씨가 아주 추웠지. 나비의 계절이 아니었어. 그런데 하얀 나비 한 마리가 묘지 근방을 날아다니다가 내 무릎에 내려앉았어. 아빠가 손을 얹었던 곳이지. 나는 동물을 사랑해. 동물은 인간에 대해 잘 아는데 우리는 동물에 대해 아무것도 몰라." 소녀의 목소리에는 단호함이 배어 있었다. 맹인들의 목소리에서 느낄 수 있는 그럼 단호함이었다.

그날 나는 바에 가서 하드 두 개를 샀다. 파라솔로 돌아가는 길에 세 아이 중 하나가 따라와 내 손을 쳐서 하드를 떨어뜨렸다. 파라솔로 돌아와서 아이들 때문에 하드를 떨어뜨렸다고 말했다. 소녀는 그 광경을 보았다.

"조심했어야지."

"미안해. 내가 잘못 들고 있다가 떨어졌어."

"진심이야. 조심했어야지."

나는 바다로 가려고 일어났다. 소녀도 일어났다. 소녀는 나뭇잎처럼 물에 살며시 내려앉았고 나는 나뭇가지처럼 풍덩 들어갔다. 아이들이 뒤따라오는지 둘러보았다.

"안 오는데." 그 애가 말했다. "내가 보는 앞에서 너하고 겨루지는 않을 거야. 물속에서는 네가 훨씬 뛰어나잖아."

나는 그런 생각을 하지 않았고 그 애가 그렇게 민첩하다는 것도 알아차리지 못했다. 난 걱정하는 모습을 들킨 게 당황스러워 대답하지 않았다.

"성게 함정에 당했으니 복수를 할 거야."

나는 대꾸를 하는 대신 물속으로 들어갔다. 숨이 차서 물밖으로 나오자 생각이 좀 더 분명해졌다.

"하드로 갚았잖아."

"넌 하마가 아니어서 물속에서 좋은 생각을 하지 못하는구나. 그건 그냥 심술을 부린 거야. 걔네들은 다른 생각을 하고 있어."

"네가 어떻게 알아?"

"그냥 알아."

"겁 안 나." 내가 말했다. 사실이었다. 적들이 있다는 게 놀랍지 않았다.

"네가 겁을 내든 아니든 별 차이 없어. 그 애들이 무슨 행동을 하기 전에 미리 막아야 해."

"어떻게? 내가 어떻게 행동할지도 모르는데 말이야. 그리고 진심으로 말하는데, 그 애들 때문에 다치거나 상처 입는 거 두렵지 않아. 난 상관없어. 내 몸은 나를 무시하고, 난 내몸을 좋아하지 않아. 몸은 어리지만 난 이제 그렇게 어리지 않거든. 일 년 전부터 그걸 알고 있었어. 난 성장하는데 내 몸은 아니야. 몸이 내 성장 속도를 따라오지 못해. 그래서 망가져도 상관없어. 아니 망가지면 거기서 새로운 몸이 밖으로 나올 거야." 난 이상하게 흥분해서 진지하게 이런 말들을 했다. 소녀는 당황했다. 그 말을 곰곰이 생각했다.

"야, 천천히 가. 너 때문에 깜짝 놀랐잖아." 그러더니 소녀는 물속으로 가라앉았다. 나도 물속으로 들어가 소녀를 끌어올렸다. 그 애가 내 손을 잡았다. 우리는 숨을 쉬기 위해 물밖으로 나왔다. 그 애는 계속 내 손을 잡고 있었다.

지속하다, 내가 가장 좋아하는 동사가 작동하기 시작한 것이다. 소녀가 그걸 어떻게 알았을까? 나는 생각해 보았고 스스로에게 대답했다. 알면 된 거지, 뭐. 난 그때까지 그렇게 매끄러운 피부를 만져 본 적이 없었다. 지금껏 한 번도 경험해 보지 못했다. 나는 그 아이의 손바닥이 조개껍데기보다 더 오목하다고 말했다. 해변으로 나와서 우리는 떨어졌다. "네가 방금 한 말이 사랑의 말이라는 거 알아?" 소녀가 파라솔쪽으로 가면서 말했다.

사랑의 말? 난 그게 뭔지도 모르는데, 소녀는 어떻게 그런 생각을 한 걸까? 소녀는 동물들을 통해 나보다 훨씬 더 많은 것을 알고 있었지만 이번에는 그 애가 잘못 알았다. 내가 한 말은 놀라움의 말이었다. 촉감은 내가 주의를 기울이는 감각 중 하나였는데, 온몸에 가장 많이 퍼져 있었다. 다른 네 개의 감각은 각각 딱 한 기관에만 있지만 촉감은 온몸에 흩어져 있었다. 나는 작고 통통하며 약간 거칠기도 한 소녀의 손을 보았다. 그 손을 잡으면 어떤 기분일까. 난 물어볼 수 없었다. 그 애가 그 말을 사랑의 말로 잘못 알아들을 수 있으니까.

아버지는 뉴욕에서 잘 지내셨다. 미국이 자유로운 곳이라는 인상을 받았다고 편지에 쓰여 있었다. 아버지는 성장기에 파시즘과 전쟁을 경험했다. 자유를 경험하자 아버지는 회전목마를 탄 것처럼 어지러웠다. 엄마 역시 똑같은 억압적인 상황에서 성장했지만 곧 적응했다. 도시로 돌아가면 이사를 할 거라고 엄마가 말했다. 계단 끝의 작은 집이 아니라 위층의 아파트로 옮길 거라고. "그럼 아빠는요?" 엄마가 새 주소를 알려 줄 테니 아버지가 돌아오면 우리에게 올 것이다.

9월에는 후각이 되살아난다. 더위에 눌려 있던 냄새들이 되돌아온다. 비만 한 번 내려 주면 충분했다. 아침에 세수를 하면 내 얼굴이 잠에서 깨듯, 대지가 잠에서 깼다. 송진과 구주콩나무, 인도 무화과나무 냄새가 공기 중에 강하게 퍼졌다. 아무도 바다에 나가지 않았다. 남서풍이 어부들을 바닷가에 잡아 두었다. 빨래를 널어놓을 수도 없을 만큼 강한 바람이 남쪽에서 불어왔다. 나는 바람과 날씨를 스페인어 식으로 발음하는 나폴리 말이 좋았다. 나폴리 말은 'i'를 집어넣어 발음해서 날쌔고 거만하고 거침이 없었다.• 나는 어부들의 해변을 산책하며 그들이 바다에 나가지 않을 때 무슨 일을 하는지 보았다. 그들은 바람이 부는 날 하려고 미뤄 둔 여러 가지 일을 했다. 배를 손보고 벽을 고치고 모터가 달린 배를 가진 사람은 모터를 분해했다가 재조립했다. 나의 어부 친구는 너도밤나무로 새로운 노를 만드는 중이었다. 파도가 해변으로 거칠게 밀려들었다. 어부들은 배를 육지로, 자신들의 집까지 끌어다 놓았다. 매끄러운 나무 받침대 위로 용골이 지나가게 만들어 배를 움직였다.

정오에 집으로 돌아가고 있는데 그 세 아이가 내게로 왔다. 나는 걸음을 멈추었다. 지금 그 애들이 나를 공격한다면 그 공격을 이용해 성장을 멈춘 내 몸을 움직일 수 있으리라 생각했다. 그들이 나를 보았고 내가 있는 쪽으로 달려왔다. 지금은 아니라고 생각했다. 공격 시기는 내가 결정해야 해. 그래서 해변 쪽으로 달아났다. 어부가 아직도 노를 깎고 있어서 나는 때를 놓치지 않고 그가 있는 곳으로 갔다. 그 아이들이 어부 앞에서 멈췄다. 그가 갑자기 벌떡 일어서더니 그 아이들을 향해 고함을 쳤다. 나는 그 소리에 깜짝 놀랐다. 그가 그렇게 크게 소리치는 걸 한 번도 들어 본 적이 없었다. 아이들은 그 소리를 채 듣기도 전에 슬금슬금 달아났다. 그는 내게 아무것도 묻지 않았다. 작업용 앞치마에 손을 닦더니 하던 일을 그냥 놔두고 나를 집까지 데려다주었다. "녀석들이 또 괴롭히면 나한테 오너라." 그는 내 아버지가 미국에 있다는 걸 알았다. 남서풍이 얼마나 계속될지 그에게 물었다. "사흘이다."

나는 부엌에서 방어용 칼을 하나 가져가야겠다고 생각했다. 그러다가 스스로 깜짝 놀랐다. 방어용 칼을? 무엇 때문에? 나는 성장할 생각이 없는 이 어린아이의 몸을 버려야만 한다. 칼을 몸에 지닐 게 아니라 그 세 아이를 찾아가 내 몸의 껍데기가 깨질 때까지 때려 달라고 부탁해야만 한다. 내면의 힘으로 그렇게 할 수 없으니 외부에서 해 줘야만 한다. 그들을 찾으러 가야만 한다.

지금은 몸이라는 게 사용하는 방법에 따라 나무처럼 느릿느릿 변한다는 것을 알고 있다. 옷걸이처럼 마른 지금의 체형

• 바람을 뜻하는 'vento(벤토)'를 'viento(비엔토)'로, 날씨를 뜻하는 'tempo(템포)'를 'tiempo(티엠포)'로 발음하는 식이다.

에 이르기까지 여러 체형이 내 몸을 지나갔다. 열 살 때 나는 공격의 진실을 믿었다. 회복 불가능할 정도의 공격이 내게 도움이 될 것 같았다.

그래서 그때 그렇게 했다. 오후에 밖으로 나갔다. 바람이 불어 시원했다. 양모 스웨터를 입는 게 좋을 수 있었지만 상처를 입을 경우 옷을 버리게 될까 봐 입지 않았다. 나는 항구로 이어지는 큰길로 갔다. 아이들이 바에 무리 지어 모여 음악을 듣고 있었다. 새 청바지를 입었고 네 가지 맛의 아이스크림을 핥았다. 아이스크림이 콘 위에 수북해서 다른 맛을 더얹고 싶어도 그럴 수가 없어 보였다. 그 애들은 몇 시간씩 거기 죽치고 앉아 있었는데 나보다 몇 살 더 많았다. 그들의 몸은 어른이 되느라 열심히 길게 성장해 가는 중이었다. 인도로 눈에 띄지 않게 지나갔다. 나는 느릿느릿 걸었다. 준비가 되어 있었다. 내가 날짜와 시간을 결정했지만 그 애들을 만나지 못했다.

나는 사람이 훨씬 적은 곳으로 가 보기로 했다. 샤워장 앞을 지났다. 세 아이가 낮은 담 아래에 앉아서 카드놀이를 하고 있었다. 나를 보자 카드를 모으더니 바다 쪽으로 난 좁은 계단으로 재빨리 내려갔다. 예상치 못한 반응이었다. 나는 그들을 따라갔다. 그들 중 한 아이가 말했다. "혼자잖아." 그렇다. 그 아이들은 어부가 내 뒤를 따라올 수 있다고 생각했다. "혼자야." 그 애들이 다시 말했다. 주위에 아무도 없었다. 그 애들이 나를 에워쌌다. 한 아이가 뒤에서 나를 후려쳐서 나는 다른 두 아이 쪽으로 밀려갔다. 아이들이 나를 두들겨 패기 시작했는데 그게 몇 대인지 세지 않았다. 누군가에게 가격을 당해 나는 손을 코로 가져갔고 땅에 쓰러져 마지막 발길질을 당한 후 잠이 들었다. 나는 내가 방어하지 않았다는 것을 안다. 통증이 몹시 심했다. 하지만 사라지지 않고 지속되는 내면의 평화로움 때문에 난 비명을 지르지 않았다.

눈을 뜨자 섬에 있는 진료소 침대에 누워 있었다. 엄마가 내 곁에서 파리를 쫓았다. 난 엄마를 보고 미소를 지어 보려 했으나 입술이 말라서 움직여지지 않았다. "누가 그랬어, 아들?" 나는 대답하지 않았다. 온몸 구석구석이, 특히 얼굴이, 그리고 가슴이 아팠다. 눈도 잘 보이지 않았다. "누가 그랬어, 어른이었어?" 난 엄마에게 말하고 싶었다. 내가 그랬다고.

"여기가 어디예요?" 나 스스로에게도 낯선 목소리로 말했다. "몇 시예요?"

"저녁 일곱 시야. 여긴 병원이고."

나는 엑스레이를 찍었다. 코가 부러졌고 멍이 들고 타박상에 이마를 세 바늘 꿰맸다.

"누가 그랬어?"

나는 고개를 저었다.

"모른다고? 어떻게 모를 수가 있어? 아무 이유도 없이 어린아이를 이 지경으로 만들 수는 없어."

의사가 왔다. 젊은이였는데 그가 엄마와 이야기를 나누었다. 의사는 그날 밤 병원에서 날 재우며 상태를 지켜보고 싶어 했다. 엄마는 깜짝 놀랐다. 의사는 일반적인 예방 조치인데, 내장에 손상이 있을 경우를 완전히 배제할 수 없다고 말했다. 엄마는 의사가 혹시 뭔가를 숨기는 게 아닌지 의심했다. 의사는 엄마를 안심시키기 위해, 그럼 날 집으로 데려가라고 했고 엄마에게 자신의 전화번호를 주었다. 그러자 엄마는 진정되었다. 그러고 나서 엄마는 다른 남자와 이야기를 나누었다. 난 그 남자를 볼 수 없었다. 눈 주위의 모세혈관이 다 터졌다. 남자는 경찰이었다. 그는 엄마에게 불량배들의 짓이고, 그 아이들을 찾을 수 있을 거라고 말했다.

간호사의 도움으로 엄마가 나를 바퀴가 세 개 달린 모터 스쿠터에 태웠을 때는 벌써 밤이었다. 나는 아무것도 먹을 수가 없었다. 빨대로 묽은 죽을 마셨다. 약을 삼키고 다음 날 정오까지 잤다.

　남서풍이 불기 시작한 둘째 날 바람이 가장 거셌다. 나는 나뭇가지와 창문과 문을 뒤흔드는 바람 소리에 잠에서 깼다. 엄마는 계속 물었지만 난 대답하지 않았다. 내 몸을 바꿔야만 했기 때문에, 그렇게 맞으려고 내가 직접 그 애들을 찾아갔다는 사실을 엄마에게 설명할 길이 없었다. 일어난 사건보다 그 이유가 훨씬 더 나빴다. 나는 소녀에게 얼핏 이런 이야기를 했던 생각이 났지만 그 아이는 날 배신하지 않을 것이다. 동물들도 비밀은 지키니까.

　엄마는 그날도 그다음 날도 내 곁을 떠나지 않았다. 엄마는 전쟁이 끝난 뒤의 이야기를 들려주었다. 공격을 당하고 난 뒤 도시가 어떻게 회복되기 시작했는지를. 나폴리에 미국인들이 오면서 그들과 함께 좋은 물건, 예를 들어 서부 대평야에서 생산한 하얀 밀가루가 들어왔다. 밀가루에는 캔자스산이라고 적혀 있었다.

　나는 평야에 밀을 심었을 농부와 밀을 자라게 한 태양과 밀가루를 싣고 바다를 항해한 배를 생각했다. 그것이 평화였고 선의였으며, 식탁 위의 하얀 빵이었다. 향도 좋았다. 하지만 전쟁은 썩은 내, 악취가 났다.

　나이트클럽이 문을 열었고 미군 장교들이 사용하게 된 아름다운 집들에서는 밤마다 파티가 열렸다. "나폴리는 전쟁을 잊고 싶어 했어." 젊은 아가씨들은 미군들에게 열광했고 미군들 역시 정신을 잃었다. 결혼식과 약혼식이 미군 주둔 초기 몇 달 동안 계속됐다. 어느 집에나 미군이 한 명씩은 머물렀다. 그들 집에 머무는 군인은 부대 창고에서 미국의 온갖 물건을 가져왔다.

외할아버지는 미군과 사업을 하고 싶어 하셨다. 미군 트럭은 그 어느 것보다 좋았고 전후에는 교통수단이 턱없이 부족했다. 할아버지와 미군이 친구가 되었다. 할아버지는 그에게 트럭을 하나 사서 배로 보내 달라는 제안을 했다. 군인은 휴가를 받아 돈을 가지고 떠났는데 그 후로 연락이 두절되었다. 전후의 경제는 도박판이어서 거기에서 이긴 사람과 진 사람이 있었다. 마침내 할아버지는 혼자 힘으로 트럭을 구할 수 있게 되었다. 할아버지는 아들, 그러니까 엄마의 오빠를 그 트럭에 태우고 그때 막 해방이 된 로마로 여행을 떠났다. 이트리 지방 위쪽의 해안가 국도를 따라 강도들이 잠복해 있었다. 그들은 트럭을 습격하곤 했다. 낮에만 무장한 호위대와 줄을 지어 지나갈 수 있었다.

분노했다가 즐거워했다가, 어쨌든 젊은 시절에 감사하며

엄마가 들려준 이야기에 통증이 씻은 듯 사라졌다. 엄마가 이야기를 할 때면 나는 내가 존재한다는 것도 잊어버렸다. 나는 조그마한 텅 빈 봉투였는데 옛이야기의 숨결이 그 봉투를 채웠다. 이야기하다가 지루해지면 엄마는 갑자기 이야기를 중단했다. "이제 그만 하자." 그러면 종이봉투는 한 방에 바람이 빠져 버리고 말았다. 그리고 다시 나로 돌아왔다.

나는 종종 몸과 몸을 부딪치고 짧게 숨을 내뱉으며 폭력의 한가운데에 있곤 했다. 나는 증오를 알았다. 하지만 내가 아는 증오는 크게 감정적인 에너지를 쏟지 않고 사라졌던 나의 증오가 아니라 반항적이고 혁명적인 나의 세대를 향한 다른 이들의 증오였다. 그런 폭력 속에서 난 잘 버텨 냈다. 포위된 채 땅에 쓰러져 발길질에 갈비뼈가 부러질 때에도, 나는 다른 동료들이 와서 그 군복들 속에서 나를 끌어내 줄 때까지 방어했다. 내게서 무방비 상태로 맞았던 그 어린아이의 모습은 찾을 수 없었다. 어린 누에고치에서 다른 형태로 변하기 위해 육체에 돌파구를 내고 싶다는 그 고집스러운 생각을. 그 아이에게는 그 생각이 틀림없는 확신이었다. 몸에 대한 믿음의 행위들이 있다. 아무런 보호도 받지 않고, 고독하게 벽을 타고 기어 올라가는 게 이런 행위들 중 하나다. 하지만 공격을 당해 쓰러진 그 아이는 이따금 허공에서 발버둥 치다가 정상에 있는 출구까지 겨우 올라가는 어른보다 훨씬 더 멀리 갔다. 열 살의 그 아이는 지금 내 손이 닿지 않는 곳에 있다. 그 아이에 대해 쓸 수는 있지만 알 수는 없다.

내 몸은 심하게 진동했다. 이제 더 이상 전과 같지 않았다.

오후에 소동이 벌어졌다. 누군가 문을 두드렸다. 경찰이 었다. 경찰과 함께 그 세 아이가 나타났다. 그 애들 엄마도 함께 왔는데 엄마들은 분노를 누른 목소리로 사투리를 써서 아이들을 야단쳤다. 벌을 주겠다는 뜻이었다. 경찰은 쉽게 단서를 추적했다. 아이들을 목격한 사람이 있다고 말했다. 그 당시에는 사건이 일어나면 주위 사람들이 모두 다 알았다. 경찰은 세 아이가 어떤 짓을 했는지 그들 자신 눈으로 똑똑히 봐두길 바랐다. 입구에서 사람들이 엄마에게 이 아이들이 방문한 이유를 설명하는 소리가 들렸다. 세 아이는 조용했다. 엄마는 내게 그 애들을 들어오게 해도 괜찮겠냐고 물었다. 놀랍게도 엄마는 내 의사에 따라 결정을 내리려 했다. 그것은 어린아이가 아니라 한 인간에 대한 존중이었다. 나는 좋다고 고개를 끄덕였다. 경찰이 엄마를 막았다. 경찰과 세 아이만 들어와야 했다. 엄마는 문을 열었다. 좁은 방이 꽉 찼다. 아이들은 바닥만 내려다보았고 경찰이 그들에게 나를 똑바로 보라고 명령했다. 나는 눈에 멍이 들어 초점이 흐렸고 어둑하게 보였다. 코에 거의 닿을 정도로 머리에 붕대를 감고 있었고 입술은 퉁퉁 부었으며 이마의 상처 자국이 완벽한 효과를 냈다. 세 아이 중 하나가 울기 시작했고 다른 두 아이는 고개를 돌렸다. 경찰이 다시 나를 보라고 명령했다. 경찰은 내게 그 아이들을 아느냐고 물었고 나는 고개를 저었다. 경찰이 다시 물었다. 그는 진술서 작성을 마무리해야 했다. 경찰이 그 애들을 아냐고 물었다. "해변에서 본 적이 있어요." 내가 가느다란 목소리로 겨우 대답했다. "이 애들에게 맞은 거 아니야?" 내가 다시 고개를 저었다. 경찰이 다가왔다. 검은 수염에, 관자놀이 부근의 머리카락이 벌써 희끗한 사십대 아저씨였다. 그가 돌아서서 세 아이에게 나가라고 한 후 문을 닫고 다시 내 쪽으로 왔다. 모자를 벗더니 아까보다 훨씬 친근한, 전혀 다른 목소리로 말했다.

"얘야, 저 애들은 상해죄로 고발되었어. 벌써 자백했어. 그 애들에게 교훈을 주려고 여기 데려온 거야. 세 사람이 한 사람에게, 그것도 자기보다 어린 아이에게 무슨 짓을 했는지 보여 주려고. 넌 착한 아이야. 네가 저 애들을 고발하길 원치 않는다는 거 이해한다. 하지만 이건 공적인 일이야. 너에게 달린 문제가 아니란다. 국가의 일이야. 난 네가 두려워서가 아니라 착해서 저 애들을 고발하지 않는다는 걸 안다. 이렇게 끝나도 괜찮은지만 말해 다오."

난 이미 반쯤 감은 눈을 꼭 감았다. "이 정도로 괜찮니?" 내가 고개를 끄덕였다.

경찰의 말을 듣자, 나를 어른으로 대하는 듯한 공정한 목소리를 듣자 다시 눈물이 나려 했다. 그 순간 경찰에게 난 어린아이가 아니었다. 하지만 눈이 부어서 눈물이 흘러내리지 않았다.

"손 좀 잡아 주시겠어요?"

그가 손을 쫙 펴서 내밀더니 내 손을 잡았다.

"손이 왜 이렇게 거칠고 살갗이 다 벗겨졌니?"

"가끔 낚시 가서 노 젓는 걸 돕거든요."

"나도 낚시 가는데, 등불망을 들고 오징어를 잡으러 간단다."

그가 문을 열고 나가면서 큰 소리로 엄마에게 말했다. "아드님 잘 보살피세요, 부인." 그리고 그들은 떠났다.

나는 어서 몸이 회복되어 몸의 변화를 확인하고 싶었다. 나흘째 되던 날 바람이 멎었다. 세 아이의 어머니들이 보낸 과일과 과자 바구니가 도착했다. 엄마는 그걸 받았지만 가져온 부인을 들어오게 하지는 않았다. "아빠가 미국에 가 계신

게 천만다행이지. 아빠가 계셨다면 이 바구니를 어디로 던져 버렸을지 누가 알겠니?"

바닷가에 휴가를 보내러 와서 마을에 머무는 몇몇 가족들에게 소문이 퍼져 나갔다. 어찌된 일인지 알고 싶어서 그들이 집에 찾아왔는데 소녀도 자기 엄마와 같이 왔다. 우리 엄마는 친절하게 두 사람을 맞았다. 두 사람이 방에 들어왔다. 소녀는 나를 보자 몸이 굳어 버렸다. 그 애 엄마가 뭐라고 인사를 했는데 난 그 소리가 전혀 들리지 않았다. 피가 얼굴로 몰려들었다. 소녀가 나를 똑바로 보았다. 나도 그렇게 할 수 있었다. 눈에 붓기가 빠지고 그 대신 눈 주위가 시커멨다. 두 엄마가 밖으로 나갔다. 소녀의 엄마가 딸을 흔들어 밖으로 데려가 보려 했지만 소녀는 머리카락이 흐트러질 정도로 단호하게 고개를 저었다. 엄마 둘이 문을 열어 놓은 채 밖으로 나갔다. 소녀가 문을 닫은 뒤 내 침대에 앉았다.

"우리가 어디까지 나갔었지? 아, 그래, 손을 잡았었지." 그러더니 두 손으로 내 손을 잡았다. 내 손가락이 빵보다 더 부드러운 두 개의 진주층 속에 들어가 있었다. 하지만 그 말은 하지 않았다.

"이 지경이 되도록 맞고 있지 말았어야지." 그 애가 단호하게 말했다. 내가 입을 열어 뭐라 대답하려 하자 그 애가 한

69

손가락을 내 입에 댔다. "아무 말도 하지 마. 수컷 셋이 한 마리를 공격하는 일은 자연에서는 절대 벌어지지 않아. 이건 이제 정의의 문제야. 네가 그 애들을 고발하고 싶어 하지 않는다고 들었어. 그러면 정의는 지키기 어려워지고, 새로운 길을 만들어 내야만 해. 시민으로서 네 의무를 다하고 법에 네 사건을 맡기는 게 훨씬 더 나아. 하지만 여기 남쪽에서는 직접 복수하는 걸 좋아하지. 그런데 얘기 좀 해 봐. 복수하고 싶니?"

"그럴 생각 꿈에도 없어. 내가 그 애들에게 맞으려고 했는걸."

"아니야. 나 때문에 널 표적으로 삼은 거야. 그 애들은 널 공격하고 싶어 했어. 네가 주의해서 그 애들을 피해야 했어. 나도 네 옆에 더 붙어 있어야 했고. 내 앞에서는 널 공격하지 않았을 거야. 남자애들은 여자 앞에서 비겁한 짓을 하지 않거든."

나는 소녀를 보았다. 그리고 소녀가 여자라는 걸 알아차렸다. 그 애는 여자였다. 내가 전혀 관심을 보이지 않던 그 군중 속에서 갑자기 나타난 최초의 여자였다. 이따금 나는 나를 향해 걸어와 주변의 나머지 것들을 흐릿하게 만드는 여자 때문에 깜짝 놀라곤 했다.

소녀는 정의에 대해서, 자신이 꼭 해야만 했던 일에 대해 말했다. 난 그런 게 뭔지 하나도 몰랐고 중요하지도 않았다. 정의가 어떻게 내 상처를 치료해 주겠는가? 그 아이들에게 어떤 벌을 내려도 내 몸은 치료되지 않을 것이다. 엄마의 이야기를 들으며, 책을 읽으며, 튀긴 앤초비를 먹으며 내 몸이 스스로를 치유해야 했다. 경찰과 고소와 법의 의식을 통해서가 아니라. 나는 지금의 이런 말을 그 자리에서 생각해 내지 못했다. 어쨌든 정의는 아무 의미도 없었다. 하지만 소녀에게는 제일 중요한 일이었다.

소녀가 내 손을 다시 잡았다. 거기서부터 기쁨과 힘과 고마움이 생겨나더니 곧 온몸으로 퍼졌다. 내가 그 애에게 말했다. "네 손이 날 치료해 줬어."

"이건 네가 말한 두 번째 사랑의 말이야."

엄마들이 커피잔을 들고 들어왔다. 소녀는 두 손으로 내 손을 잡고 있었다. 세상 앞에서 지속하다, 라는 동사가 다시 그 권리를 확인했다. "곧 나을 거예요." 소녀가 두 엄마에게 말했다. 그러더니 다시 오겠다고 약속하며 일어섰다.

소녀가 가고 나자 나는 침대에서 일어나고 싶었다. 힘을 되찾았다. 코가 시원했다. 며칠 동안 그리고 방금 전까지 코로 숨을 쉬려면 따뜻한 물로 콧속을 닦아 냈다. 뭉쳐 있는 핏덩이를 씻어 내야 했기 때문이다. 나는 이제 코로 자유롭게 숨 쉴 수 있었다. 다시 연필을 들고 벽에 등을 대고 키를 재야겠다는 생각이 들었다. 전에 해 두었던 표시와 비교하니 딱 1센티미터가 자랐다. 몸이 성장했다. 그러니까 사실이었다. 깨뜨릴 필요가 있었다.

그 순간 내게 중요한 건 며칠 동안 침대에 누워 있던 내 몸이 길어졌다는 사실뿐이었다. 그 1센티미터는 상처에 대한 확인이었다. 엄마가 내 발소리를 듣고 나를 보러 왔다. 나는 엄마에게 다 나아서 엄마와 함께 식탁에서 식사할 수 있다고 말했다. 엄마가 나를 보고 입꼬리를 슬쩍 올렸는데 나를 놀리는 미소였다.

"내일 바다에 가요." 내가 엄마에게 말했다.

"내일 보자꾸나."

그 뒤 사춘기 몇 년 동안, 성인의 키만큼 몸이 자라는 동안 정의라는 단어가 내 의식의 중심을 차지했다. 세상에서 들려오는 소식들은 정의에 부합하는 것과 그 반대의 것으로 분류되었다. 혁명은 정의에 부합했다. 20세기는 살육과 폭동 사이에서 바쁘게 흘러갔다. 편이 갈리고 어느 편에 설지를 선택해야 하는 시기였다.

　나는 내가 정의라는 감정의 중심에서 그 소녀에게 빚이 있는지는 잘 모르겠다. 정의를 이해하고 그것을 원해서 우리가 사람들이 북적이는 넓은 공간에서, 광장에서, 공공도로에서 연구하기 시작했을 때 나는 그 소녀를 완전히 잊었다. 내 어휘 사전에 갇혀 있던 사랑하다, 라는 동사를 자유롭게 사용할 수 있게 된 건 그 소녀 덕이었다. 그 소녀는 동물들의 행동을 보고 추론을 했는데, 사랑하다는 동물들의 약속이었다. 정의와도 관련이 있었다. 동물들의 사랑은 냉혹하고 정직했다. 소녀는 그에 대해 이야기했는데, 사랑을 실제로 경험해 보고 싶은 게 분명했다. 내 손을 잡아 주었던 그 소녀가 판사가 되었는지 동물학자가 되었는지 난 전혀 알지 못한다. 작가가 되지는 않았다. 작가가 되었다면 책을 읽다가 그녀의 글을 알아봤을 것이다. 이름도, 북부 어느 지방 출신이었는지도 지금은 기억조차 나지 않지만 그래도 글을 읽으면 알 수 있었을 것이다. 그 소녀가 고래를 보호하는 걸 상상해 본다.

　다음 날 나는 엄마를 설득해서 해변으로 나갔다. 물속으로 절대 깊이 들어가지 않고 목까지만 들어가겠다고 약속했다. 입술은 밤새 가라앉았고 눈가에 검은 멍만 흐릿하게 남아 있었다. 이제 거의 봐 줄 만한 정도가 되었고 코에 붙인 반창고와 이마에 꿰맨 자국만 남아 있었다. 나는 수수께끼 신문을 샀다. 안전 요원이 우리 파라솔을 펴 주었고 하드를 하나 가져와 내게 주었다. 우리는 해변에 나온 몇 안 되는 사람들 속으로 갔다. 나는 수영을 했다. 소금기가 갈비뼈 부근과 어깨를 태웠다. 나는 상처 부위의 딱지가 물에 젖지 않게 금방 나왔다. 나는 신문에 얼굴을 파묻었다. 소녀가 오고 나서야 신문에서 얼굴을 들었다. 나는 인사를 하려고, 그리고 1센티미터의 성장이 그 애와 마주 섰을 때 조금이라도 어떤 변화를 가져올지 확인하려고 자리에서 일어났다. 소녀는 자란 듯했다. 몸짓이 차분하고 단호했다. 그 애가 가까이에서 반창고와 이마를 살펴보았다. 소녀는 바다에 가자고 했는데 명령에 가까운 거부할 수 없는 초대였다. 나는 급히 물에 뛰어들지 않고, 술 취한 사람처럼 천천히 들어갔다. 서로의 몸이 닿을 수 없는 지점에 도착하자 그 애는 이해할 수 없는 말을 했다. 앞으로 자기 행동을 보고 자신을 판단하지 말아 달라는 부탁이었다.

"해변에서 너한테 좀 차갑게 굴어도 신경 쓰지 마. 같이 수영도 하지 않을 거야. 오후에는 만날 수 있어, 알겠지?"

나는 혼란스러운 마음으로 알겠다고 했다. 그 애가 물속

에서 내 손을 꼭 잡았다. 진주층도 빵도 아니었다. 전류가 흐
르는 듯했다.

　나는 다시 신문 퀴즈를 풀었고 그 속에 빠졌다. 어려운 그
림 퀴즈가 하나 있어서 엄마가 내 의견을 물었다. 나는 네모
난 칸에 그려진 사물과 사람 들에 정신을 집중했다. 그 사물
과 사람 들에는 알파벳 몇 개가 적혀 있었는데 그것들이 숨겨
진 문장의 힌트가 되었다. 그림 퀴즈는 두 개의 삽화로 나뉘
었는데 그것은 두 개의 시간대를 나타냈다. 1925년 미국으로
출발하는 한 젊은이의 그림이 있고 거기에 Q가 적혀 있었다.
아래쪽에 그려진 가시덤불에는 다른 알파벳 철자들이 있었
고 여자의 옆모습과 미국으로 이민을 갔다가 늙어 버린 그 젊
은이의 사진, 깃봉에 달려 바람에 휘날리는 깃발이 그려져 있
었다. 그림 퀴즈에서 흔히 보는 추상적인 풍경이었는데 그런
풍경 속에 담긴 개개의 단편적인 사실들이 모여 하나의 의미
를 만들게 된다. 감옥에서도, 그리고 아주 가끔은 현실에서도
이런 일이 일어나는데 폐쇄된 공간에 갇혀 세상에서 전해지
는 단편적인 사실로 세상을 유추하기 때문이다.
　두 시간 동안 그림에 매달려 겨우 해답을 찾았다. 이런 문
장이었다. "사랑이 없으면 의지만으로는 부족하다." 답을 찾

은 게 기뻐서 의미에는 전혀 신경을 쓰지 못했다. 지금은 사랑의 열정이 없으면 정의의 의지도 없다는 걸 안다. 법정에서 실현되는 정의가 아니라 사랑의 충동에서 그 답을 찾을 수 있는 정의 말이다. 그러니까 경우에 따라서 다양하게 적용될 수 있다. 이 정의의 문제에서는 어떤 경우든 다 유일하다.

답을 써서 엄마에게 건넸다. 엄마가 그 답을 보더니 말했다. "옛날에 미국으로 떠난 젊은이였구나. 그러니까 의지만으로는 안 되고⋯⋯. 훌륭하구나, 내 아들. 난 절대 답을 못 찾았을 거야." 두 시간 동안 등에 따가운 햇볕을 잔뜩 받으며 퀴즈에 빠져 있다가 일어났다. 모자를 벗고 바다로 갔다. 소녀는 해변에 없었다. 바다에도 없었다. 수영을 마치고 바다에서 나가려고 하다가 해변을 산책하는 소녀를 보았다. 세 아이들과 함께였다. 나는 다시 바다로 돌아섰다. 그 애들에게 내가 보이지 않았을 리 없겠지만, 그들이 함께 있는 모습을 내 눈으로 볼 수 없겠다는 생각이 훨씬 더 강했다. 거리에서처럼 난 눈에 띄지 않고 싶었다. 바다에서는 그럴 수 있었다. 나는 물속으로 들어가 넓은 바다를 향해 헤엄쳐 갔다. 반창고가 떨어졌다. 눈을 꼭 감았는데도 뜨고 있는 것처럼 따가웠다. 나는 멀리 가서 물 위로 나왔고 수영을 계속했다.

팔과 다리를 휘저어 사람들의 시야에서 사라졌다. 나는

계속 넓은 바다 쪽으로 가야겠다고 생각했지만 이미 해변으로부터 멀리 떨어져 나와 있었다. 해변에 있는 사람들을 또다시 놀라게 하고 싶지 않았다. 나는 넓은 바다를 눈에 담고 싶어서 배영을 해서 해변으로 돌아왔다. 그것으로 충분했다.

반창고가 사라져서 코가 그대로 드러났다. 손으로 코를 만져 보았다. 길이보다 폭이 훨씬 넓고 둥글었다. 난 약속을 잊지는 않았다. 누를 수 없는 충동 때문에 그 약속을 간과해 버렸다. 온몸이 물에 흠뻑 젖었고 상처의 딱지가 벗겨졌다. 난 다시 해변으로 올라왔고 약속 위반의 결과들을 체념하고 받아들였다. 엄마는 책을 읽고 계셨는데 처음에는 금방 내 상태를 알아차리지 못했다. 소녀의 엄마도 마찬가지였다. 그래서 눈을 가느스름하게 뜨고 옅은 미소를 지으며 나를 보았다. 나는 소녀의 엄마 얼굴에서 딸의 얼굴을 찾아보았지만 성공하지 못했다. 두 사람의 아름다움에는 거리가 있었다. 엄마가 마침내 알아차렸다. "반창고는 어디 갔어?" 반창고 때문에 땀이 나서 따가웠다고 대답했다. 엄마가 화를 내거나 농담을 할 가능성, 두 가지가 있었다. "코가 아니라 빨간 파프리카 같구나." 엄마는 사투리로 말한 뒤, 북쪽 출신인 그 애 엄마에게 설명을 했고 그러자 그 엄마가 웃었다.

나는 챙이 넓은 모자를 눌러쓰고 땅을 보면서 엄마와 함께 집 쪽으로 올라왔다. 이마에 바늘로 세 군데 꿰맨 자국은 진지한 구두점이 되어 바보 같은 얼굴을 수정했다. 우스꽝스러움은 내 몫이었고 성장의 대가였다.

내 몸은 종종 우스꽝스러운 여정을 거쳐 변화했다. 공장에서 보낸 처음 몇 주 동안 작은 쇳조각들이 손을 뒤덮어서 손이 자석에 달라붙었다. 윤활유로 범벅이 된 장갑이 별 도움이 되지 못했다. 공사장에서 공기 착암기 작업을 교대로 하던 처음 며칠 동안은 술에 취한 것처럼, 행인들을 피해 비틀거리며 집으로 돌아갔다. 포크가 손가락에서 빠져 나갔고 접시는 두 손으로 들어야 했다. 입으로 음식을 제대로 가져가지도 못해서, 처음에는 턱과 수염에 묻곤 했다. 하지만 공책에 몇 줄 글을 쓸 때 펜이 춤을 추지는 않았다. 페이지가 늘어나는데 소녀의 이름이 떠오르지 않아 초조하다. 부주의하게 살아온 50년의 시간이 이를 정당화해 주지는 못하리라. 글을 써 나가는 동안 그녀에 대한 문장들이 생각나서, 정확하게 세세한 사항들을 덧붙여 나갈 수 있는데, 이름은 전혀 기억나지 않는다. 그리스 신화에 등장하는, 아마도 그 소녀에게 어울리는 이름 하나 정도를 붙여 줄 수 있으리라. 그러나 그러면 나는 이야기를 인위적으로 꾸며 내는 사람이 될 것이다.

독자로 책을 읽을 때 나는 이야기에 등장하는 인물들의 이름을 금방 잊어버린다. 그 이름들에는 실체가 있는 게 아니라, 그저 하나의 약속일 뿐이다. 그래서 나는 이름 난을 공백으로 놓아두고, 계속 그녀를 소녀로 부르려 한다. 내가 알았던 소녀는 어린아이가 아니었으므로.

그날 오후 소녀가 우리 집에 들렀지만 난 없었다. 그 당시 섬에 있는 소년들은 개를 데리고 혼자 돌아다니곤 했다. 난 어부들의 해변으로 갔다. 해변 앞쪽에 있는 섬까지 헤엄쳐 갔다. 난 해변에서 멀리 떨어져 있는 걸 좋아했다. 해안과 거리를 유지했다. 산에 올라갈 때도 거리를 유지하기 위해 그렇게 한다.

호흡이 충분했고 팔과 다리가 저절로 움직였다. 바다의 표면은 심연 위에 놓인 지붕이었다. 두 팔로 물을 조금씩 헤치며 앞으로 나갔고 몸은 반쯤 물 위에 떠 있었다. 몸을 쭉 펴고 물 위에 떠 있는 자세에서 머리는 이제 몸의 제일 높은 곳에 있다는 특권을 잃게 되어 발뒤꿈치와 똑같은 높이에서 마치 꼬리처럼 움직인다. 나는 그물을 거둬들이는 때에 맞춰 해변으로 돌아왔다. 배 한 척이 반원을 그렸다. 한 사람이 노를 잡았고 두 사람이 둘둘 만 그물을 내려놓았다.

해변의 어부들은 내 코를 보고 별로 웃지 않았다. 그들은 훼손된 자연이나 상처, 장애 같은 데 별 신경을 쓰지 않았다. 숨을 쉬는 한 그 생명은 이 땅에 목표가 있고 유용한 자리가 있었다. 진한 적자색 코, 둥글고 위로 치켜뜬, 떠오르는 이런 저런 생각들 때문에 깜짝 놀란 듯 무방비 상태인 눈. 난 어시장 가판대의 양볼락과 비슷했다.

아침에 해변에서 보았던 그 아이들은 생각하지 않았다. 난 감정을 제어하지 못하는 어린아이였다. 소녀는 그 애들을 좋아했다. 그 애들은 나보다 컸으며, 소녀에게 관심이 있기 때문에 더 흥미롭다고 생각했을지도 모른다. 어부의 해변에서 나는 어부들이 파는 미끼가 있는지 찾아보았다. 어부들은 미끼를 가지고 있지 않았다. 나는 미끼를 구하러 모래언덕을 넘어갔다. 모래를 털려고 바닷물 속에 무릎을 꿇고 어깨까지 몸을 담갔다. 나는 그런 공허한 일련의 행동을 하며 기분이 좋아졌다. 귀가 시간만이 유일하게 나를 통제했다.

집으로 돌아가자 엄마가 피자 두 판을 가져오라고 가게로 보냈다. 하나는 엄마가 먹을 해산물 피자였다. 피자 가게 주인은 내 코에 산 마르차노 토마토●가 붙어 있다고 말했다. 그는 상냥하게 말했다. 아침에 파프리카처럼 빨갛던 것과 비교하면 훨씬 좋아진 상태였다. 주인은 이마의 흉터 때문에 남자다워 보인다고 했다. 난 그렇게 생각하지 못했었다. 키에만 신경을 썼는데, 얼굴도 성장한 것이다.

피자를 먹고 나자 엄마가 나를 야외극장에 데려갔다. 소나무 사이에 스크린이 세워져 있었고 의자는 접이식 나무의자였다. 집에서 방석을 가져오는 게 좋았다. 의자에서 삐거덕대는 소리가 매미 울음처럼 요란하게 났다. 영화는 바스코 프라톨리니●●의 소설이 원작이었고 피렌체가 배경이었다. 엄마와 나는 그 책을 읽었다. 엄마는 늘 그랬듯이 책과 영화를 비교하고 싶어 했다. 지금처럼 그 당시에도 나는 영화보다 책을 더 좋아했는데 그건 책이 영화보다 먼저 쓰인다는 점 때문이었다. 대개 영화를 책으로 만드는 법은 없다.

중간쯤 보다가 잠이 들었다. 나는 늘 초저녁이면 잠들어버렸다. 내가 잠을 자지 않고 철야를 한 것은 정치적 투쟁이나 야간 교대 근무로 밤을 새워야 했던 그 시기뿐이었다.

불이 켜지고 의자가 움직이는 소리에 눈을 떴다. 집으로

● 이탈리아 나폴리 베수비오 화산 근처에서 생산되는 긴 타원형의 토마토.
●● Vasco Pratolini(1913~1991). 이탈리아의 네오리얼리즘 소설가. 파시스트 치하의 피렌체 사람들의 삶을 연민 어린 시선으로 묘사하는 작품을 주로 썼다.

돌아가면서 엄마는 영화가 마음에 들었다고 말했다. 그 속에서 프라톨리니의 쾌활함 대신 내면의 우울을 발견했지만.

엄마와 아버지는 프라톨리니를 개인적으로 알았다. 전쟁이 끝나고 얼마 되지 않아 나폴리에서 프라톨리니는 몇 번인가 우리 집에 저녁을 먹으러 왔다. 아버지는 문학에 열정이 있었고 프라톨리니는 정치에 열광했다. 두 사람은 서로 의견을 나누며 의기투합했다. 엄마의 기억에 따르면 식탁에서는 축구라든가 날씨 얘기 같은 건 단 한마디도 나오지 않았다. 그들은 젊었고 파괴되는 세상을 지켜보았다. 선의를 가지고 세상일을 논했는데, 거기에는 파괴된 세상을 다시 일구어야만 하는 사람이 느끼는 씁쓸함이 담겨 있었다.

엄마는 작가들을 좋아했다. 엄마는 작가로서 나도 좋아했다. 내 책들 중 무언가가 마음에 들면 엄마는 이렇게 말했다. "우리 아들, 어디서 나왔지?" 물론 엄마에게서 나왔을 리 없다는 뜻이었다. 내게는 이보다 더 멋진 칭찬이 없었다.

그 뒤 청소년기 후반에는 뛰어난 노동자 영화를 사랑했는데, 그런 영화들은 시의적절하게 강렬한 예술성을 띠고 있었다. 흑백영화는 가난한 관중을 탄생시켰다. 그 영화는 반짝이는 장신구가 아니라 이마의 땀으로 빛이 났다. 그런 영화는 대저택이 아니라 오두막을, 〈오리엔트 특급 열차〉의 일등

칸이 아니라 삼등칸에 끼어 앉은 우리를 이야기했다. 내 옆에 누군가 앉아서 내 감정을 비웃거나 갑작스러운 강한 연민에 빠지지 못하게 방해하거나 절망감으로 인한 분노를 누그러 뜨리게 되는 게 싫어서 혼자 극장에 가곤했다. 나는 담배 연기 자욱한 영화관에서 이탈리아를 배웠다. 비록 그 영화관이 등급별로, 그러니까 개봉관과 자르고 다시 이어 붙인 필름으로 상영하는 재개봉관, 삼류 영화관으로 나뉘긴 했지만.

나폴리 여인들의 목소리를 들으며 그 말을 경청하는 법을 배웠듯이, 나는 전후의 이탈리아 영화를 보면서 바라보는 법을 배웠다. 사람들은 그 영화를 대략 네오리얼리즘 영화라고 불렀지만 그것은 비현실적인 영화였다. 기계문명에 열광하는 시대에 억압당한, 이름 없는 사람들의 이야기였다. 강철, 전기, 비행기, 역사에 등장하는 군중. 초점을 맞추기 위해서는 열정이 필요했다. 1943년 9월 8일•의 대혼란에 대한 기록인 〈모두 집으로〉••에는 군복을 입은 채 말을 타고 광장으로 달아나는 해군의 스틸 사진이 나온다. 그러니까 한 장면으로

• 이탈리아가 연합군에 항복한 날이다.
•• 루이지 코멘티니 감독의 1960년 코미디 영화. '이탈리아를 구한 영화 100선'에 포함되었다.

한순간을 강렬하게 만드는 영화는 산문의 문장이라기보다는 시의 한 행이었다.

그런 영화관에서 다른 사람들이 피우는 담배 연기 때문에 눈이 따갑고 기침이 나왔지만 나는 생전 처음, 자신들의 모습을 방언의 향기와 함께 스크린에서 찾아낸 말없는 군중 속에 있었다.

나는 친구 집에 공부하러 간다고 말하고는 오후 네 시에 영화관으로 들어가곤 했다. 영화에 빠져들어 배울 것을 배우고 거기서 나왔다. 다음 날 학교에서, 인상 깊었던 장면을 되새겼다. 나는 단순한 관객으로 그 영화를 좋아했다. 그림을 볼 때와 같은 기분이었다. 화가의 관점을 갖는 게 아니라 옆에 서서, 화랑의 어떤 지점에서 사람들 머리 너머로 흘깃 그림을 볼 때와 같은 기분 말이다.

지금 나는 다시 열 살 때로 돌아가 있다. 잠이 들어 영화 한 편을 다 보지 못하던 때로. 요즘 나는 다시 영화가 시작되고 얼마 지나지 않아 눈을 비비다가 이내 잠이 들어 버린다. 초저녁에 하루의 진이 빠지는 건 나이와 상관이 있다. 그런 위대한 영화가 접이식 나무의자와 함께 극장에서 사라져 버린 건 시대와 상관이 있었다.

내 책장엔 지금 프라톨리니의 소설 《직업적인 방랑자

Mestiere de vagabondo》가 한 권 있다. 1950년 1월 18일이라는 날짜가 적혀 있는데, 아버지가 엄마의 스물다섯 번째 생일에 쓴 헌사다. 두 사람이 결혼한 지 사 년이 되던 해였다. 두 사람은 서로 사랑했고 책을 선물하곤 했다. 엄마의 배 속에는 내가 있었다. 헌사를 쓴 날짜는 내가 두 사람의 삶에 침투했다는 것을 알려 준다. 나는 이방인으로 엄마를 너무 성가시게 했다. 그들은 자식을 원했고 나를 가졌다. 그들은 내 부모였지만 나는 그저 그런 자식이었다.

1950년 1월 18일은 임신 중기여서 내 몸이 든 엄마의 배가 불룩했다. 나는 헌사가 적힌 페이지를 펼쳐 들고 있다. 그리고 태어나지 않았다면, 그 두 사람을 평화롭게 살게 내버려 두었으면 좋았으리라는 빌어먹을 욕망에 사로잡힌다. 사람들의 눈에 띄지 않길 갈망하던 열 살 때보다 더 격렬하게 나는 내가 들어 있지 않아 평평한 엄마의 배를 생각한다. "직업적인 방랑자", 프라톨리니의 아버지는 아들을 그렇게 비난했었다. 결코 존재하지 않고 싶어 하는 일그러진 충동을 가진 사람에게 어울리는 일은 유령의 직업뿐이다.

야외극장 어딘가에 소녀와 세 아이도 있었다. 다음 날 아침 해변에서 소녀가 말해 주었다. 나는 그날 남쪽 바다에 관한 책을 가지고 갔다. 지적인 꼬마로 알려지는 데 이제 더 이상 신경 쓰지 않았다. 먼저 그 책을 가져가고 싶다고 부탁했고 허락받았다. 하지만 물 묻은 손가락으로 책장을 망가뜨리거나 모래를 묻혀 오면 안 되었다.

그날 아버지에게서 편지 한 통이 도착했다. 아버지는 직장을 구했고 엄마에게 자신을 따라 그쪽으로 오지 않겠냐고 물었다. 엄마는 편지를 손에 든 채 어두운 얼굴로 바다를 뚫어지게 보았다. 나는 엄마가 거절할 거라고 생각했다. 엄마가 서쪽이 아니라 나폴리 쪽을 바라보고 있었기 때문이었다. 나의 어리석은 생각이었다. 잠시 후 엄마는 아버지의 그런 요구를 어떻게 생각하느냐고, 그쪽에 가고 싶은지 내게 물었다. 그 후로 엄마에게 미국은 그쪽이 되었다.

그곳에는 속도가 있었다. 그곳에서 나는 어쩔 수 없이 성장해야 할 것이다. 그곳에서는 모든 게, 구두, 아이스크림, 자동차 할 것 없이 모두 크고 거대하니까. 군인, 작가, 노동자 모두 키가 컸다. 누구와도 알고 지내지 않은 채 시작할 수 있는 장소라는 게 매력적이었다. 눈에 띄지 않으려고 입은 제복을 벗어 버릴 수 있었다. 애써 상상력을 동원하지 않아도 그렇게 할 수 있었다. 그쪽이라고 불리는 나라는 내게 좋은 곳이 될 수 있었다. 나는 할머니의 언어를 배울 것이다. 영어로

된 가로세로 낱말 퍼즐을 풀고 그쪽 상표의 신발을 신고 아이스크림을 먹을 테지. 나는 나머지 다른 영어 단어들은 다 잊어버렸는데, 오로지 신발과 아이스크림만 기억하기에 계속 이 단어를 고집하고 있다.

아버지는 막내였는데, 전쟁 덕에 태어났다. 1917년 나이 든 신병으로 군에 입대했던 할아버지는 전선으로 떠나기 전 아내를 임신시켰다. 그 당시에는 그렇게들 많이 했는데 아내를 못 믿어서가 아니라 풍습을 충실히 지키기 위해서였다. 할머니는 집에서는 영어를 조금씩 사용하시기도 했는데 자식들에게 그 말을 전하려고 애를 쓰셨다. 언어는 고향을 영원히 떠난 사람이 가진 마지막 재산이었다. 그러니까 할머니는 고향에 돌아가시지 않았다.

엄마는 처음으로, 퀴즈가 아니라 중요한 문제에 대한 내 의견을 알고 싶어 했다. "그쪽에서 우리 뭘 하지? 네 동생은 어디에 데려다 놔도 잘 지낼 거야. 금방 공을 쫓아다니며 놀걸. 너도 익숙해지겠지. 넌 여기서 말이 없었으니 거기 가서도 비슷하겠지. 하지만 나는 형제, 엄마, 내 모든 게 다 여기에 있어. 전쟁 때 이곳이 폭격되는 걸 목격했고, 1944년 봄 내가 열아홉이 되는 걸 기념하듯 화산이 분출해서 시커먼 화산

재에 뒤덮였다가 다시 살아나는 걸 보았어. 난 여기에서만 살아갈 수 있어.

내게 말했지만 엄마는 그냥 말을 해야 할 필요가 있어서 말하는 것이었다. 엄마의 남자는 좀 더 나은 삶을 살 가능성을 찾아 그쪽으로 용감하게 떠났고 기회를 찾았다. 그쪽은 쉽게 여행을 갈 수 있는 지금과는 달랐다. 우리가 사는 나라는 끔찍한 편에 섰다가 전쟁에 패했고 참혹하게 병들어 버렸다. 아버지는 비자를 받고 좋은 직장도 찾았으며 우리가 살 거처도 마련했다. 그런데 바다로 휴가 온 엄마는 싫다고 고개를 세게 저었다. 이것은 두 사람 관계의 파국을 의미할 수도 있었다.

"내가 부탁해서 아빠가 그쪽에 간 게 아니야. 아빠의 몸속에는 이미 그 땅이 들어 있었어. 아빠에게는 반쪽 조국이기도 하니까. 어릴 때부터 그곳에 가야 된다는 강박관념이 있었어. 전쟁이 끝나자 그 얘기만 했어. 난 그 말을 들어줬지. 상상으로 충족되길 바라면서, 싫다는 말은 안 했지. 그러다가 지금 여기까지 온 거야."

그 편지를 받은 뒤로 엄마는 넋이 나가 있었다. 그 생각만 했고 편지를 읽고 또 읽었다. 답장을 쓰려고 편지지를 꺼냈지만 펜이 그 위에서 움직이지 않았다.

나는 엄마에게 내 생각도 엄마와 똑같다고 말했다. 이런 말을 했는데 엄마는 세월이 흘러도 그 말을 기억하고 싶어 했다. "난 부담을 주고 싶지 않아요." 난 그 어떤 것도 중요하게 생각하고 싶지 않았다. 모래 속에서 파낼 지렁이나 생각하고 책을 읽고 매일 아무 말도 하지 않고 살아가고 싶었다. 그쪽 일은 가든 안 가든 부모님들끼리 서둘러 처리해야 할 일이었다. 아버지는 자식들 이름을 거론하지 않았고 엄마에게만 물어봤을 뿐이다.

소녀가 찾아와서 오후에 만나자고 했다. 난 멀리 있는 산들에 관한 이야기를 읽는 중이었다. 그래서 펼쳐진 책에서 잠깐 고개를 돌리기만 했다. 잠시 방파제에 가서 낚시를 할 거라고 그 애에게 말했다. 방파제는 남쪽을 향해 있었고 태양은 오후면 어느새 섬 뒤로 서서히 낮아지며 그림자를 남겼다. 물고기들은 해가 머리 위에서 내리쬐지 않는 시간을 좋아했다. 소녀가 무릎을 위로 휙 들며 그 자리에서 멀어졌다.

9월 말의 해변은 더욱 넓어졌다. 파라솔도 드문드문했고 엄마들은 아이들에게 바다와 작별하는 법을 가르쳤다. 9월에는 북서풍의 세기가 약해졌고 파도는 한층 느려져 7월이나 8월처럼 급히 밀려들지 않았다. 어부들은 그물낚시를 가서 참치며 동갈치며 방어를 쓸어 왔다. 움직이지 않는 미끼를 절대 물지 않는 녀석들이었다. 어부들의 해변은 텅 비었고 배들은 모두 바다로 나갔다. 바구니를 들고 방파제로 가는 길에 그 해변을 지났다. 바구니 안에는 모래가 든 깡통에, 모래 속에서 잡은 지렁이 몇 마리와 코르크에 돌돌 만 낚싯줄이 들어 있었다.

　9월에는 하늘이 땅에 내려오는 날들이 이어졌다. 하늘에 떠 있는 성의 도개교가 밑으로 내려왔고 파란 계단을 따라 하늘이 조금씩 땅에 내려앉았다. 열 살에는 파란색의 네모난 계단을 볼 수 있었고 눈으로 그 계단을 올라갈 수 있었다. 지금은 그 옛날에 계단을 볼 수 있었다는 데 만족해야 하고 아직도 그런 계단이 있을 거라는 믿음을 위안으로 삼아야 한다. 9월은 지표면과 환한 빛으로 빛나는 그 위의 공간이 결혼을 하는 달이다. 계단식의 포도밭에서 어부들은 농부가 되어 여자들이 만든 바구니에 포도를 수확했다. 포도를 수확하는 날에는 포도를 채 다 밟기도 전에, 햇빛 아래 줄줄이 서 있는 포도나무와 굶주린 장수말벌 떼 속에서 맨발이 먼저 취해 버렸다. 9월의 섬은 포도주가 나오는 암소였다.
　성인 축제가 있는 달이어서 바다에서는 배가 열을 지어 행진했고 밤에는 해변에서 불꽃놀이가 벌어졌다. 다른 해 여름에는 온 가족이 불꽃놀이를 구경하러 갔다. 내 동생은 허공에서 불꽃이 터질 때마다 좋아서 깡충깡충 뛰었다. 아버지는 동생을 높이 들어 올리며 폭죽 터지는 소리를 흉내 냈다. 그러면 동생은 땅으로 떨어지는 불꽃들을 몸짓으로 흉내 냈다. 토토•가 불꽃놀이를 흉내 내는 것을 보았지만 아버지와 내 동생의 흉내를 따라오지 못했다. 엄마는 넋을 잃고 보았고 나는 하늘의 폭죽을 바라보는 사람들의 얼굴을 보았다. 하늘을 바라보던 어른들은 꽃들이 비를 환영하듯 그 광경을 보며 즐거워했다.

나는 불꽃놀이를, 화산 폭발을 모방한 그 놀이를 좋아하지 않았다. 불꽃놀이를 보고 사람들이 그렇게 경이로워한다는 게 신기했다. 불에 대한 오래된 그 경탄이. 내게는 왜 그런 감정이 생기지 않는 걸까? 산에서 그 이유를 알게 되었다. 바위들과 숲 속에서 내 생애 처음 폭포를 보았을 때 말이다. 나는 폭포에 매료되어, 요란한 소리가 나는 그 곁으로 다가갔다. 옷을 벗고 부서지는 물보라에 몸을 적셨다. 폭포 안으로 작은 무지개가 유령처럼 나타났다가 사라졌다. 나는 거기서

• 나폴리 출신의 코미디 배우.

폭포에는 불꽃놀이와는 다른 경이로움이 있다는 사실을 알게 되었다. 나는 눈과 싸락눈, 아래로 급히 떨어지는 폭포를 사랑한다. 눈사태와 불현듯 휘익 움직이는 대기, 산비탈에서 떨어지는 눈덩이를 경이의 눈으로 바라본다. 하늘로 던져져, 말하자면 위로 쏘아 올려져 재로 흩어지는 불이 아니라 낙하하는 물을 사랑한다.

불꽃놀이 축제는 뭐든 끝나는 것을 싫어하던 내 동생의 울음과 떼쓰는 소리로 막을 내렸다. 그해에 우리는 축제에 가지 않았다. 동생과 아버지가 없으니 그 축제는 우리에게 아무 의미 없었다. 다음 날 아침 엄마는 폭죽을 너무 세게 터뜨렸다고 말했다. 난 그 소리를 듣지 못했다. 새해를 맞이해 터뜨리는 폭죽 소리도 듣지 못하는 일이 내겐 자주 벌어지곤 한다. 하지만 내가 의도적으로 끼어들었던 두 번의 전쟁에서는 빌어먹을 폭격 소리에 밤마다 뜬눈으로 보내야 했다.

방파제에 도착했다. 노인이 베레모를 쓰고 낚시하는 중이었다. 모자 밑으로 목덜미에서 흰머리가 삐져나왔다. 나는 되도록 먼 곳에 앉았다. 방파제에 걸터앉아 바닷물 위로 다리를 흔들며 천천히 낚시를 준비했다. 먼저 바닷물로 손을 씻은 뒤 미끼를 바늘에 꿰어 던졌고 묵직한 봉돌에 의해 낚싯줄은 멀리 날아갔다. 나는 집게손가락 끝에 낚싯줄을 맡긴 채, 배를 움직이는 파도처럼 멀리서 밀려왔다가 떠나가는 생각들의 뒤를 따랐다. 파도는 배 밑으로 지나며 배를 흔들어 놓는다.

낚시찌가 가볍게 떨리며 미끼를 물려는 시도가 있음을 알려 주었다. 그 순간 나는 손목을 위로 재빨리 움직여 그에 답했고 곧 바늘에 뭔가 걸려서 밑으로 늘어지는지 확인하기 위해 낚싯줄의 무게를 가늠해 보았다. 낚싯줄이 가벼워 위로 끌어올려 확인했다. 물고기가 속지 않고 미끼만 먹어 치웠다. 나는 다시 미끼를 꿰어 다른 방향으로 던졌다.

방파제 위로 그림자가 드리워지는 시간이었다. 종소리가 들리자 노인은 맨발의 몸을 일으켰다. 나는 황혼과 직접 대면하는 걸 좋아하지 않았다. 바닷속으로 떨어지는 태양으로 확인되는 하루의 끝을 바라보고 싶지 않았다. 그래서 나는 새벽이 좋았다. 지금은 어느 섬에 가든 황혼을 찾는다. 해가 물속으로 사라지는 시간에 나는 서쪽으로 간다. 지금은 수평선에 남아 있는 마지막 햇빛까지 놓치지 않고 모두 지켜본다.

새벽은 평생 보았고 지금도 여전히 보고 있지만 근래의 새벽은 어둠과 함께 나를 깨우는 단점만 있을 뿐이다. 잠에서 깬 사물들을 보면서 밤에서 그다음으로 변해 가는 여정을 알아차리기가 쉽지 않다. 지금 나는 시작의 씨앗, 하루의 순수

함에 별 관심이 없다.

소녀가 내 옆에 앉을 때까지 에스파드류 운동화를 신고 걸어오는 소리를 듣지 못했다. 그 애가 오기 바로 전 갑자기 행운이 찾아와서 커다란 감성돔을 끌어올렸다. 낚싯바늘이 감성돔 주둥이 위쪽에 박혀 있었다. 적절한 순간에 손목을 움직여 낚싯줄을 낚아챘다. 대개 낚시가 끝나면 나는 양동이에 들어 있는 물고기들을 바위 사이로 풀어 주었다. 이런 행동은 식탁에 올릴 음식이 별로 없는 사람들이 보면 기분이 상할 수 있었으므로 눈에 띄지 않게 했다. 하지만 감성돔은 아주 훌륭한 낚시의 결과물이어서 집에 가져가기로 했다. 엄마에게 나도 잘하는 게 하나쯤은 있다는 걸 보여 줄 수 있었다. 소녀가 내 옆에 앉았다. 그리고 미끼에 속고 어린아이에게 낚여 양동이에 갇혀 분노하고 있는 물고기를 보았다.

"저 물고기가 운이 나쁜 거야, 네가 운이 좋은 거야?"

"운이 지독하게 나쁜 거지. 주둥이에 바늘이 꽂혀 있었어."

"넌 이제 어때?"

"네 말대로 금방 나았어."

"며칠 후에 떠나. 떠나기 전에 정의의 문제를 정리해야만 해서. 넌 내 말을 들어야 해. 그리고 내 말대로 해야 해." 그 애는 온몸이 긴장하고 있는 것과는 달리 차분하게 또박또박 한마디씩 말했다. 그 애가 그렇게 신경 쓰는 정의란 게 무엇이며 나와는 또 무슨 상관이란 말인가? 난 대답하지 않았다. 이마의 꿰맨 자국이 자꾸 신경 쓰였다.

"내일 오후 네 시 정각에 샤워장으로 와. 탈의실에 들어가서 문을 닫고 그 안에 가만히 있어. 내가 부를 때까지 나오지 마. 네가 무슨 소리를 듣든, 나무판자 틈으로 뭘 보든, 내가 부를 때까지 나오면 안 돼. 내 말 잘 알아들었어?"

소녀의 차분한 목소리가 내 마음속에서 점점 커지더니 소리를 질렀다. 나는 텅 빈 방파제 쪽으로 몸을 돌렸다. 가만히 서서 그 애를 바라보았다. 하얀 원피스에 귀에는 작은 데이지 꽃을 꽂았고 아몬드 크림 향기와는 다른 냄새가 났다. 뚫어지게 그 애를 보았다. 내 시선이 그 애에게 갇혀 움직일 수 없었다. 여자의 아름다움을 최초로 인식한 순간이었다. 그 아름다운 여인이 신문 첫 페이지나, 육교 위에, 스크린에 있는 게 아니라 갑자기 내 앞에 나타났다. 흠칫 놀라게 하고 정신을 놓게 만든다. 나는 그런 상태였다.

"내 말 듣고 있는 거야, 아님 날 보는 거야?"

내 입에서 무슨 말이 나왔는지도 모른다. "내가 그걸 고를 수 있는 거야?" 소녀의 입꼬리에서 시작된 미소가 얼굴 전체로 번지면서 온몸을 타고 발끝까지 내려갔다. 심지어 발끝도 웃고 있었다. 그 애가 내 뺨에, 코와 아주 가까운 부분에 입을 맞추었다.

"내일 어떻게 해야 하는지 내 말 잘 알아들었지?"

그 애가 다시 말했다.

"응."

"그 물고기는 놔줘."

"응."

소녀가 발끝으로 똑바로 일어섰다. 하얀 원피스의 뒷자락이 팔랑거렸다. 베수비오 산● 위의 눈이 떠오른다. 방파제 중간쯤에 이르자 그 애가 돌아섰다. 나는 계속 그 애를 보고 있었다. 그 애가 손을 흔들어 인사를 하고 갔다. 주위에 있는, 낮은 집들의 또 다른 하얀색들과 뒤섞였다.

손가락 끝에 걸린 낚싯줄과 함께 56년 나폴리에 쌓인 눈을, 그리고 매년 겨울 산 위에 쌓였던 눈을, 북부 공사장에서 내 몸에 쌓이던 은빛 눈을 보았다. 이를 덜덜 떨게 하고 삽과 곡괭이 손잡이를 잡은 녹투성이 손가락을 곱게 만들던 눈 말이다. 손잡이를 쥔 손은 그대로 곱아 손을 꽉 쥘 수도 펼 수도 없는 상태가 되었다. 밤이 되면 그렇게 곱은 손 안에 수저와 술잔을 끼워서 쥐었다. 감수성은 손목에서 멈췄다. 그 밑으로는 끈과 나무, 가죽이 이어 붙은 것이었다.

그 무렵 혼자 말하는 일이 잦아졌다. 내 몸을 보고 말했다. "어떻게 이런 일을 견디고 있지?" 과중한 교대 근무에도 내 몸은 조용했고 나도 모르던 인내심으로 답을 했다. 나는 내 몸이 조상들이 고역과 위험과 잔인함과 기근을 견딜 수 있게 길들여서 나한테까지 전해 준 오래된 동물의 몸이라는 것을 알았다. 탄생이라는 행위를 통해 그 이전의 어마어마한 시간이 몸에 새겨져 전해진다.

꿈속에서 나는 내 몸에서 떨어져 허공으로 추락했다. 하지만 그 허공은 내 오장육부를 다시 정비해 주고 상처를 꿰매 주고 다음 날을 위해 힘을 끌어모아 주었다. 꿈은 정비소였다.

나는 내 몸에 거주하면서 거기에 이미 유령과 악몽과 땅거미와 괴물과 공주가 잔뜩 살고 있다는 것을 발견했다. 할당된 밀도 높은 시간에 그들을 만나면서 알게 되었다. 그 소녀는 아니었다. 그 애는 신체적인 면에서도 조숙했다. 그 애의 몸은 그 애 옆에서, 날렵하게 척추를 움직이며 반응했고 갑

• Vesuvio. 이탈리아 남부 나폴리 만 연안에 있는 활화산이다.

97

작스럽게 위를 향해 성장해 갔다. 나는 그 애 곁에 있는 몸이, 그 내부가 짐작되었다. 손목의 맥박도, 콧속으로 들어갔다 나오는 공기 소리도, 심폐 장치의 힘겨운 작동도 마찬가지였다. 그 애의 몸 옆에서, 내면으로 가라앉은, 우물 벽에 부딪히는 두레박처럼 쾅 소리를 내는 내 몸을 탐사했다.

8월 한여름에도 녹지 않는 눈이 몸속에 쌓여 있다. 텅 빈 조개껍데기 속에 남은 바다처럼 숨결 속에 남아 있다. 내 귀를 가득 채운 그 눈에 저주의 말을 퍼붓지는 않는다.

코르크에 낚싯줄을 감고 아직 낚싯바늘에 매달려 있는 미끼를 떼어서 바다에 던졌다. 감성돔을 바위틈에 풀어 주었다. 고기잡이배가 항구로 들어왔다. 그걸 지켜보고 있기에는 시간이 너무 늦었다. 집에 돌아오자 엄마는 식탁을 차리지도 저녁 준비를 하지도 않았다. 부엌 식탁에 앉아서 담배를 피웠고 종이 위에 펜을 굴리며 아무렇게나 그림을 그리고 낙서를 했다.

"벌써 저녁 먹을 시간이야?" 딴생각에 빠져 있던 엄마가 깜짝 놀라서 말했다.

"엄마, 난 엄마 편이에요. 엄마가 어떻게 결정하든 그게 최선일 거예요."

"이봐, 아들. 애어른처럼 말하네."

엄마는 손짓으로 내게 가까이 오라고 했다. 그러더니 소금기가 말라붙은 헝클어진 머리를 매만져 주고 상처가 얼마나 나았는지 확인했다.

"요리 좀 도와줘라. 오늘 저녁에는 네가 좋아하는, 파슬리 넣은 알리오 올리오 스파게티하고 엄마가 좋아하는 계란 프라이를 하자."

내가 마늘을 자르고 식탁을 차렸다.

"우리 그쪽에 가지 말자. 내일 아빠에게 편지 써야겠다."

저녁에 나는 거리로 나와 항구까지 걸었다. 맨발로 걸어 다니는 게 습관이 된 사람처럼 마차가 지나간 자리에 남은 말똥에 주의했다. 말들은 종종걸음으로 달리면서도 똥을 쌌다. 냄새는 역하지 않았다. 발효된 여물 냄새였다. 초식동물은 어디든 흙이 있기만 하면 먹이를 구할 수 있는 행운을 타고났다. 가장 완벽한 예는 염소인데, 염소는 가시덤불까지 다 먹어 치웠다. 염소의 힘만으로도 지중해 주민들은 살아갈 수 있었다. 그런데 '염소'라는 말을 욕으로 사용하는 사람들이 있다니. 염소가 우리의 문명을 가능케 했다. 이런 말을 해 준 건 소녀였다. 동물 이야기를 할 때 그 목소리에는 정의의 열정이 배어 있었다. 그 아이는 인간에게 동물의 입장을 제시했다.

　나는 세 아이 중 내 방에서 울었던 제일 작은 그 아이를 만났다. 그 아이가 나를 보자 당황하며 인사를 했는데 난 대꾸하지 않았다. 큰길을 지날 때 끝나 가는 계절을 노래하는 레코드 소리가 여기저기서 들렸다. 그 애가 옆에 와서 설 때까지 나를 따라오고 있었다는 걸 눈치 채지 못했다. 그 애가 다시 인사를 했다. "같이 가도 되니?" 난 대답하지 않았다. "어느 쪽으로 가는 거야?" 난 고개를 저었다. 그 애가 이야기를 하기 시작했다. 그 애는 소녀 때문에 다른 두 아이와 싸웠고 그들로부터 쫓겨났다. 그 여자아이를 소녀라고 불렀다. 세 아이 모두 소녀를 좋아했고 소녀는 세 명 모두에게 똑같은 희망을 품게 했다. 불과 며칠 사이에 세 아이는 한시도 머리에서 소녀를 지울 수 없게 되었다. 아이들은 소녀 이야기를 하며 흥분했다. 나는 그런 이야기를 듣고 싶지 않아서 빠르게 걸었는데 그 애가 내 걸음 속도에 맞추었다. 어느 날 밤 극장에서 소녀가 그 아이 옆에 앉아서 웃고 농담을 했다. 다른 두 아이가 화가 났고 소녀를 집에 바래다준 뒤 그 아이와 싸웠다. 그 아이는 뺨을 맞았다. 두 아이는 해변에서 소녀 곁에 다가가지 말라고 말했다.

왜 이런 이야기를 내게 하는 걸까? 우정에 실망해서, 그리고 혼자가 된 게 두려워서였다. 그 나이에는 이런 일들이 세상을 기형적으로 바꾸어 놓고도 남았다. 그는 내 편이 되고 싶어 했다. 내겐 내 편이라는 게 없었고, 그 애에게 해 줄 말도 없었다. "내일 무슨 일인가 벌어질 거야. 그 두 녀석이 내일모레 떠나거든. 소녀도 곧 떠날 거야. 내일 두 녀석 중 누구와 마지막 밤을 보내게 될지 결정해야 해. 그 두 녀석은 소녀 때문에 서로를 미워하고 있어. 내일 무슨 일이 일어날 거야."

소년들은 경험을 갈망하기 때문에 어떤 사건들, 그게 작든 크든 그런 사건의 일부분이 되는 걸 좋아했다. 난 흥분해 있는 그 애에게 아무 반응도 보이지 않았다. 그 애는 자신 곁에 있는 사람이 주머니에 손을 넣고 땅만 내려다보고 있다는 것을 알아차렸다. 내 안에는 뛰어넘을 수 없는 폐쇄적인 면들이 존재한다.

"그럼 난 이만 갈 테니 계속 산책해. 난 너한테 아무 말도 안 했다." 그 애가 후다닥 돌아서서 멀어져 갔다. 나는 요트와 범선 들이 정박해 있는 항구로 계속 걸어갔다. 눈부신 긴 행렬이 배에 올랐다. 부유한 사람들이 공간을 메우더니 곧 그곳은 텅 비었다. 그들은 수많은 저택을 가지고 있었다. 나는 그런 공간을 좋아했다. 사람들이 없는 텅 빈 왕궁일 수도 있었다. 나는 파티를 상상했다. 음악에 맞춰 우아한 신사들과 어깨를 드러낸 여자들이 춤을 추었다. 배의 불빛이 물 위에 반짝이면 물고기들은 그것을 멸치로 잘못 알고 입을 벌렸다.

배들의 이름은, '디아나마리나 2'처럼 화려했다. 사냥의 여신이 바다로 나갔다. 내 뇌가 여러 가지 이야기를 중얼거렸다. 섬의 항구는 각 장章의 색인이었다. 정박해 있는 배들은 각자 모험을 준비했다. 돌아오는 길에 나는 해안 도로를 지났다. 다른 두 아이가 부자연스러운 걸음걸이로 해변 쪽으로 갔다. 나란히 가기는 했지만 거리를 두고 떨어져 있었으며 거친 몸짓으로 급히 걸었다. 나를 보지 못했다.

집에 오자 엄마는 혼자 카드게임을 하고 있었다. 나폴레옹 게임과 엄마가 한 번도 이겨 본 적 없는 다른 게임이었다. 나는 두 판을 지켜보다가 잘 자, 라는 인사를 했다.

"내일 무슨 일인가 일어날 거야." 그들에게 무슨 일이 일어나는지 내겐 중요하지 않았다. 정각 네 시에 탈의실에 들어가 있으라는 터무니없는 명령을 받았다. 여름에는 잘 차지 않던 시계를 잊지 않고 가야 했다. 그 안에서 기다리려면 수수께끼 신문도 가져가야 했다. 나는 나의 약속을 다른 아이들에게 일어날 일과 연결 짓지 못했다. 나는 고립으로 망가진 아이였다.

"무기 없이, 맨손과 맨발로, 먼저 소리를 지르는 사람이 진다." 이 차갑고 날카로운 문장이 아직도 귓가에 맴돈다. 탈의실의 나무벽 뒤에서 들은 이 목소리에 갑자기 나는 동작을 멈췄다. 난 다가오는 발소리를 듣지 못했다. 경계조차 하지 않은 채 어려운 가로세로 낱말 퍼즐을 풀기 시작했다. 습관적으로 말뜻을 조그맣게 읽어 나갔다. 번호가 매겨진 작은 흰 칸에 정확한 단어를 적어 넣기 위해 작게 웅얼거리는 나의 목소리 말고는 아무 소리도 들리지 않고 고요했다.

밖에서 들려오는, 또박또박 말하는 소리에 나는 혼란스러웠다. 어둑한 탈의실 안에서 나는 어떤 사람이 지금 나와 똑같이 가로세로 낱말 퍼즐을 풀고 있다고 상상하며 그 사람의 퍼즐에 있을 다른 단어들의 정의를 생각했다. 나는 퍼즐 풀기를 중단하고 나무 바닥에 앉아 무릎에 신문을 올려놓았다. 신문에서 펜을 뗐다. 문장이 더 이상 이어지지 않았다. 그 목소리가 누구였는지 알 수 없었다. 북부 출신의 말투였지만 소녀는 아니었다. 그 목소리는 훨씬 어른스럽고 긴장감이 있으며 투명했다. 그런데 그게 소녀의 목소리였다. 분노를 누르다 보니 그렇게 변한 것이다. 나는 가만히 있었다. 그 애가 나를 부를 때까지 움직이지 말라고 했으니까. 나는 틈이 벌어진 문으로, 나무판자 틈 사이로 스며드는 햇빛으로 다가갈 수 있을지 알 수 없었다. 가로세로 낱말 퍼즐을 계속 풀 수 있을지 알 수 없었다. 그 순간 나는 명령에 주의를 기울이지 않는 스스로에게 화가 났다. 계속 그 명령을 무시하고 있었다. 나는 신문에서 펜을 뗀 채로 가만히 있었다.

그날 나는 주의가 산만했다. 엄마는 아버지에게 편지를 쓰느라 바다에 오지 않았다. 편지를 쓴 뒤 우체국에 갔다. 엄마는 자신의 선택 때문에 동요하고 있었다. 어쨌든 엄마가 선택한 것이고 거기서 내가 해야 할 역할은 별로 없었다. 나는 엄마의 입장과 아버지의 입장 사이에서 신중하게 거리를 유지하며 나의 진실을 회피했다. 나는 혼란스러워하며 밤이면 헝클어진 머리를 한 채 부엌에서 낙서를 하는 엄마를 보았기 때문에 엄마 곁에 머물렀다. 난 돕겠다고 했지만 그건 진실한 말이 아니었다. 완전히 거짓말을 했다. 그 당시 엄마에게는 내게서 얻는 작은 위안만으로도 충분했다. 진실과 거짓이 사용 가치가 있으며 그게 위안을 주는 데 사용된다면 그 차이는 중요하지 않다는 사실을 알고 혼란스러웠다. 나는 나의 진실을, 나만을 위한 진실을 무시하는 대신 이익이 되는 말을 했다.

하지만 나는 그쪽에서 가족이 재회하리라는 희망을 아버지에게서 빼앗았는데 이 사실 때문에 혼란스러웠다. 아버지가 여기 계셨다면 나는 말을 하지 않았을 것이다. 아예 내 의견 같은 건 묻지도 않았으리라. 삶과 더 나은 자리를 잡기 위한 도박을 아버지와 엄마 둘이서 해결했더라면. 하지만 아버지는 안 계셨고, 말을 하는 건 내 차지가 되었다. 말을 한다는 것은 그 위험한 일에 딱 맞는 동사다. 이미 행한 말. 말을 꽉 쥐고 빼앗기지 않았던 나이를 경험했다. 그 말이 교단에 올라가서 수업을 중단시키고 그것을 대신하고 간격을 좁혔으며 한마디 한마디가 크게 울렸다. 그 말은 자신의 자리를 차지하고 그 자리를 다른 말에게 내주지 않았다.

나는 그쪽에 가고 싶어요. 내가 이런 선택을 했다면? 엄마는 손에 든 물건을 떨어뜨리듯 나를 가도록 내버려 두었을 것이다. 엄마는 두 번 생각해 볼 것도 없이 나를 잡은 손을 놓았을 테지. 엄마는 전시戰時에 태어났다. 기억 속에 상실이 기록되어 있었다. 내 이름 옆에 '부재'라는 기록을 덧붙였을 것이다. 엄마에게 나는 그쪽에 있는 뭔가를 위해 도시를, 말을, 섬을 떠날 준비가 된 최악의 배신자가 되었을 것이다. 나는 생각을 했고 생각에서 벗어났을 때 착각에 빠지지 않았다. 그저 충동적이었지만 완곡하게 내 생각을 말했음에도 거짓말을 했다는 죄책감이 남아 있었다. 가만히 입을 다물고 있는 게 내 특기였지만 나는 스스로에게 내린 최고의 지령을 위반했다. 나는 두 사람 사이에 끼어들었다. 내 몸의 변화에 따른 결과였던 게 틀림없다. 성장한다는 건 벼랑 끝에 선 낯선 감정들을 용인하는 것이다. 1센티미터만 더 가면 추락하고 마는.

그 뒤 나는 엄마를, 도시를, 집을 배신하게 되었다. 어느 날 오후, 열쇠를 한 번도 가지고 다녀 본 적 없는 우리 집의 문을 나섰다. 천천히 문을 닫고 내 인생에서 가장 무겁게 계단을 내려가 다시 올라가지 않았다. 나는 얼이 빠져 거리를 지나 역으로 갔다. 머릿속에서는 입 밖에 내지 않았던 작별의 말들이 윙윙거렸다. 푸니콜라레•, 그리고 버스, 그리고 철로, 그리고 나의 18년. 담벼락에 난 잡초를 뽑아 벽을 말끔히 다듬 듯, 나는 그들로부터, 지나간 시간으로부터 내 자신을 뽑아냈다.

그 당시 기차표는 우표보다 조금 더 큰 직사각형으로 직위나 직업이 없는 사람을 위한 여행증이었다. 오른쪽 차창으로 보이던 베수비오 화산이 기차가 북쪽으로 돌면서 그 모양새가 바뀌었다. "집으로 돌아가게"라고 말해 주는 누군가를 만났다면 난 아마 그 사람을 끌어안았을 것이다.

검표원이 표에 구멍을 뚫었다. 낯선 도시의 역에서 나오면서 난 그 표를 버린 걸 후회했다. 잠잘 곳을 찾으며 그렇게 일 년을 보냈다. 광장의 뜨거운 집회와 충돌 열기를 피했던 일 년이 지나고 난 절박하게 그 속으로 뛰어들었다. 그 당시 이탈리아의 공권력은 남부의 노동자들을 겨냥했고, 북대서양조약기구는 그리스의 민주 정부를 몰아내고 군사 독재 정권을 세웠다. 이탈리아는 느릿느릿 타오르는 불길에 끓어오르는 중이었다. 최루가스로 눈물을 흘리는 동안 내 마음속에서 어린 시절의 분노가 되살아났다. 하지만 난 눈물을 삼킬 수 있었고 그와 더불어 경찰들이 던진 연기 나는 가스통들도 그들에게 되돌려 줄 수 있었다. 장갑을 끼고 그것들을 주어서 경찰들을 향해 다시 던졌다. 우리의 수가 많아졌고 우리 스스로가 중요해졌다.

그 당시 나는 '우리'라는 대명사의 무게와 광대함을 알게 되었다. '우리'는 전문가였고 다른 이들을 배제하지 않았으며 권력자들의 간담을 서늘하게 했다. 혁명과 책이 없던 교도소에 그것들을 가져갔다. 책은 교도소의 창살과 가장 강렬하게 대조를 이루었다. 책은 침대에 누운 죄수의 천장을 활짝 열어 주었다.

● funicolare. 이탈리아어로 강삭철도를 뜻한다.

할머니에게, 그러니까 추리소설을 읽던 나폴리의 외할머니에게 전화를 했다. "할머니, 계란 프라이는 어떻게 하는 거예요?" 엄마에게 말을 걸 용기가 나지 않았다. 엄마와 나는 잊어버려야 할 진지한 말들만 나누었다. 할머니는 장거리 전화로 금방 재치 있게 답을 주셨다. 그래서 나는 계속 할머니에게 전화했고 할머니를 통해 전화로 가지 그라탱 만드는 법까지 배웠다.

엄마는 편지 한 통으로 아버지를 잃었다는 사실에 당황했다. 집으로 돌아와서 혼자만의 시간이 필요하자 화를 냈다. "아직도 여기서 뭐 하는 거야? 왜 바다에 안 갔어?" 엄마는 자기 자신과, 자신의 의견에 동조한 내게 불만이 생겨 혼자 있고 싶어 했다. 엄마는 커피를 만들러 부엌으로 갔고 나는 작은 그물을 들고 바위들 사이로 갔다. 몸이 떨릴 때까지 물속에 있었다. 점심 먹을 무렵에 집으로 돌아오자 엄마가 식탁을 차리고 있었다. 엄마는 생각을 지웠고 그래서인지 몹시 배가 고픈 듯했다. 맛있는 샐러드와 내가 좋아하는 프로볼라 치즈도 있었다. 오레가노와 바질의 맛이 요리에서 강하게 느껴졌다. "오늘도 한 마리도 못 잡았지?" 그러더니 엄마가 미소를 지었다. 나는 물고기를 잘 잡았지만 다시 바다에 놓아주

곤 했다. 엄마의 기분에 맞추려고 대답했다. "한 마리도 못 잡
았어요. 황줄돔 한 마리도요."

　그렇게 편지가 발송되었고 나는 아버지를 잃을 수 있었
다. 아버지 없이 성장하기? 난 아마 비뚤어졌을 것이고 땅을
기는 대신 벽을 타고 올라가는 담쟁이덩굴처럼 벽에 기대려
애썼을 것이다. 그런데 아버지가 미국을 포기했기 때문에 아
버지를 잃지는 않았다. 아버지는 돌아왔고 다시는 아버지에
게서 미국 이야기를 듣지 못했다. 아버지의 머릿속에서 미래
가 사라져 버렸다. 나폴리에서의 삶은 아버지에게 여행이 없
는 유형이었다. 우리에게 보냈던 몇 장의 편지와 내가 아버지
의 신발들이 담긴 상자에서 찾아낸 일기 속에 그 미래를 접어
넣었다. 종이는 깨끗했고 잉크는 빛이 바래서 그 흰색이, 흔
적을 남기고자 하는 검은색보다 훨씬 강렬했다. 종이는, 우리
가 사라지고 난 뒤의 대지가 그렇듯, 다시 빈 공간으로 돌아
가고 싶어 했다.

　11월 새벽에 아버지를 잃었다. 아버지는 나와 같이 살고
있었고, 지붕 밑 내 방에 아버지의 침대가 있었다. 그 무렵 나
는 공사장에 가지 않았다. 며칠 동안 아버지 곁에 있었고, 혼
자 계시지 않게 했다. 새벽녘에 아버지가 돌아가셨다. 숨을

헐떡이며 "도와줘"의 모음 'u'를 마지막으로 겨우 웅얼거리셨지만 나는 아버지를 도와드릴 수가 없었다.•

보스니아 도시의 포장도로에 터진 수류탄들이 거리거리에 불그레한 상처 자국을 남겼다. 11월 그 새벽, 아버지의 죽음은 표적을 명중하기 위해 계속 공중으로 날아가는 수류탄의 '쉬익' 소리로 남았다.

꿈속에서의 만남. 그 꿈에서 나는 눈물도 흘리지 않으며 울고 있다. 돌아가신 아버지에 대한 나의 애도는 바닷물이 고여 있다가 말라 버린 웅덩이와 같다. 바위들 틈에 소금이, 메마른 흐느낌이 말라붙어 남아 있다.

지금 나는 50년 전과 똑같은 눈물을 흘린다. 오랜 여행을 하고 난 뒤, 온 세상 사람들의 눈을 한 바퀴 다 돌고 난 뒤 눈물이 내 눈으로 다시 돌아왔다. 출발 지점으로 돌아오자 눈물이 났다. 그래서 예전처럼 눈물을 흘렸다. 수십 년의 악천후로 다 망가진 창문을 난로에서 태우려 하자 저절로 눈물이 흘렀다. 내가 더 이상 잡을 수 없는 아버지의 손이 그 창문을 열고 닫았다. 하지만 난 그 손, 핏줄과 힘줄, 손톱 모양을 보았다. 방 안의 허공에서 이런저런 일을 하느라 바삐 움직이는 손을.

양쪽 눈에서 눈물이 나란히 떨어졌다. 눈 밑 가장자리에

서 솟구쳐 나와 속눈썹에서 바지로 뚝뚝 떨어져 내렸다. 난
두 손으로 이마를 받쳤다. 어린 시절의 눈물, 그 옛날 무기력
했을 때와 똑같은 눈물이었다. 아무것도 요구하지 않는 눈물
이었고 저절로 멎었다.

도시의 집으로 다시 돌아오자마자 그 소녀의 사진을 한 장
이라도 갖고 있었더라면, 하는 생각을 했다. 아버지의 낡은 페
라니아 카메라를 가지고 사진을 찍으려면 강한 햇빛이 필요
했다. 나는 사진 원판들을 찾아봐야만 했다. 약속 장소를 향해
갈지자로 가던 그날과 함께 나는 궤도를 이탈하고 있었다. 이
따금, 무거운 날들은 하루하루가 비틀비틀 진행된다는 걸 안
다. 어떤 결론을 내고 싶어 하는지 알 수 없는 날들이었다. 점
심을 먹은 뒤 나는 침대에 누웠는데 꿈을 꾸며 땀을 잔뜩 흘
렸다. 바닥난 수조에 물을 채우러 탱크차가 와서 잠에서 깼다.
엄마는 내 몸에서 냄새가 나서 씻어야 한다고 야단이었다.
　"물속에 계속 있었는데요?"
　"바다에서는 냄새가 나지 않지만 집에서는 나."
　나는 소금기를 빨아들인 몸 냄새를 좋아했다. 공기 중으

● 이탈리아어로 '도와줘'는 'aiuto(아이우토)'이다.

로 사라진 나머지 다른 체취와 뒤섞이는 그런 냄새 말이다. 그 냄새는 세상 냄새의 일부분으로 비누 거품 안에서 다른 냄새와 뒤섞였다. 나는 오후 네 시, 목재 탈의실에 들어가기 전, 그날과 함께 궤도를 이탈했다. 탈의실은 샤워장 맨끝에 있었는데, 용설란과 인도 무화과가 자라는 언덕 경계에 있었다. 나는 조용히 가로세로 낱말 퍼즐의 단어들을 쓰고 있었다. 연필은 너무 쉽게 지워지고 고칠 수 있어서 사용하지 않았다. 실수는 지워지지 않고 남아 있어야 한다. 그래서 정확하게 풀어 보려 애쓰며, 실수하면 다른 퍼즐을 풀었다. 내가 쉽게 실수한다는 걸 인정한다. 가로세로 낱말 퍼즐을 반쯤 풀었을 때 그 목소리가 들려 멈췄다. "무기 없이, 맨손과 맨발로, 먼저 비명을 지르는 사람이 진다." 밖에서 소리 없이, 그러나 카펫을 밟을 때처럼 뭔가 둔탁한 울림과 함께 어떤 광경이 시작되었다. 움직이지 말라는 명령을 위반하고 나는 좁고 긴 빛줄기가 스며드는 문 쪽으로 갔다.

두 아이가, 그 두 녀석이 대결하는 중이었다. 땀에 흠뻑 젖어 있었고 강렬한 햇빛 때문에 얼굴이 시뻘개져서 서로의 약한 부위를, 배와 얼굴을 찾아 공격했다. 한 아이는 뚱뚱해서 얼굴 윤곽이 살에 파묻혔고 다른 아이는 키가 더 컸지만 체격이 가냘파서 발로 차고 두 팔을 뻗으면서 육탄전을 피해야만 했다. 두 아이는 침을 흘리며 거칠게 씩씩거렸고 내가 숨어서 지켜보는 좁은 문틈의 공간으로 들어왔다가 사라지곤 했다. 뚱뚱한 아이가 키 큰 아이 목을 잡으려 했고 그 아이는 피해 보려 했지만 곧 잡히고 말았다. 뚱뚱한 아이가 옆구리를 꽉 잡고 팔 한쪽도 움직이지 못하게 하더니 바닥에서 그 애를 들 어올렸다. 숨도 못 쉴 정도로 뚱뚱한 아이에게 꽉 잡힌 아이 는 그 손아귀에서 벗어나려고 붙잡히지 않은 다른 손으로 뚱 뚱한 아이의 눈 쪽을 더듬었다. 하지만 뚱뚱한 아이가 고개를 숙여 턱을 상대의 가슴에 파묻어 버리고는 더욱 세게 조였다. 눈을 찾아 더듬던 손은 마침내 코에 걸렸고 상대의 동작을 멈 추게 할 요량으로 콧구멍을 후벼 팠다. 통증이 심했지만 소리 를 지르지 않기 위해 씩씩대던 뚱뚱한 아이가 상대를 땅에 쓰 러뜨리고 몸으로 짓눌러 나뒹굴게 만들었다.

바람 한 점 없이 고요한 대기 중으로 땅에 쿵, 하고 쓰러지 는 소리가 북소리처럼 울려 퍼졌다. 두 아이 모두 모래에, 그 리고 나무 발판 위에 쓰러졌고 처음으로 피가 났다. 엉켜 있 던 두 아이가 떨어져 그 즉시 모래를 한 주먹 움켜쥐고 일어 나 동시에 서로의 얼굴을 향해 뿌렸다. 둘 다 몸을 돌려 모래 를 피했다. 내 시야에서 조금 벗어났다가 다시 들어온 걸 보면 결투를 벌이는 네모진 공간을 미리 정해 놓은 게 틀림없었다.

키 큰 아이가 먼저 모래를 한 주먹 뚱뚱한 아이에게 재빨리 던질 수 있었다. 뚱뚱한 아이가 한 손을 입에 가져갔고 다른 아이는 그 기회를 이용해서 배를 발로 찼다. 두 아이는 단순히 경쟁자가 아니라 적이었다. 뚱뚱한 아이가 멧돼지처럼 고개를 숙이고 저돌적으로 공격했다. 키 큰 아이는 발길질을 했으나 다시 붙잡혔다. 뚱뚱한 아이가 공격하려다가 키 큰 아이 위로 쓰러졌다. 팔을 있는 대로 흔들며 되는 대로 주먹질을 해 댔다. 밑에 깔려 있던 아이가 방어를 했지만 그래도 날아오는 힘센 주먹에 맞을 수밖에 없었다. 몸을 비틀어, 쉴 새 없이 날아오는 주먹을 피했다. 뚱뚱한 아이는 균형을 잃었고 키 큰 아이는 밑에서 빠져나갔다. 둘 다 다시 일어섰고 침과 피와 모래를 뱉었다.

다시 증오가 담긴 주먹이 오갔지만 이미 기운이 다 빠져 버렸다. 마침내 둘이 머리를 움켜쥐었고 마지막으로 그렇게 뒤엉킨 채 서로를 물어뜯으며 고통으로 비명을 지르고 말았다. 서로에게 물려, 그리고 진이 다 빠져 상대에게서 떨어졌다. 두 아이는 모래 위에 웅크리고 앉아 터져 나오는, 하지만 아직은 내지르고 싶지 않은 비명을 꾹꾹 눌렀다.

"너희 둘 다 졌어." 옆에서, 내게는 보이지 않는 모퉁이에서 차가운 목소리가 튀어나왔다. 탈의실 문을 두드리는 소리가 들리더니 나를 부르며 밖으로 나오라고 했다. 소녀는 내가 그 안에 있다고 확신했다. 내가 어디에 있는지 몰랐던, 그리고 왜 거기 있어야 하는지 몰랐던 나 자신보다도 더 확신에 차 있었다. 세상 그 어디든, 쓸모없는 증오와 피를 훔쳐보아야 했던 그 작은 방보다는 나았을 것이다.

"이제 나와도 돼." 복종해야 할 명령이었다. 내가 빗장을 풀자 소녀가 문을 밀었다. 햇빛에 눈이 부셔 눈을 가리려 한 팔을 들었다. 소녀가 내 팔꿈치를 잡아서 발판 위로 나오게 했다. 두 아이는 땅에 웅크린 채 나를 쳐다보지도 못했다. "얘가 이겼어." 소녀가 나를 가리키며 말했다. 두 손으로 내 얼굴을 잡고 입을 맞추려 했다. 나는 본능적으로 피했으나 아직 붉은 기가 가시지 않고 부어 있는 코의 중간쯤에 그 애의 입술이 닿았을 때 통증이 되살아났다. "가만히 있어." 소녀가 말했다. 그 애가 내 입에 강제로 키스를 했는데 그 시간이 길어서 코로 숨을 쉬어야만 했다. 그 애가 쪽, 하고 입술을 뗐다.

나는 꼼짝도 하지 않고 소녀를 보았다. "그런데 너 키스할 때 눈 안 감니? 물고기들은 눈을 감지 않아." 모래에 널브러져 있던 두 아이가 신음을 하다가 겨우 다시 숨을 쉬기 시작했다. 그 애가 내 손을 잡고 어딘가로 데려갔다. 우리는 걸었다. 그 애의 손바닥에 땀이 났다. 나는 그 애를 따라 비틀거리며 걸었다. 여자와 나란히 걷는 건 너무 어렵다. 난 지금도 보조를 잘 맞출 수가 없다. 우리는 해변에 도착했다. 바위들 사이로 남쪽에 길게 누운 다른 섬이 보였다. 우리 위로 무화과나무 그림자가 길게 늘어졌다.

"우리 고향에서는 나무에 대롱대롱 매달린 무화과의 껍질이 딱 벌어지고 거기에 창녀의 눈물 같은 진액이 맺히면 잘익은 거라고 해."

"왜 창녀야?" 소녀가 물었다.

"몰라. 창녀의 눈물이 더 진하다고 생각하나 봐. 아마 아픔의 눈물일 테니."

"잘 익은 무화과는 과일보다는 꽃에 가까워."

그럼 왜 무화과를 꽃장수가 아니라 과일장수가 판단 말인가. 나는 바보 같다는 생각이 들어서 이 말을 입 밖에 내지는 않았다. 내가 그 애에게 무화과를 하나 내밀었다. 그러자 그애가 껍질을 벗었다. 나는 꼭지 부분까지, 하나를 다 먹었다. 그 애가 재미있다는 듯 나를 보았다. 나는 그 애를 보았다. "그런데 그 물고기 같은 눈은 좀 감지 그래." 난 할 수가 없었다. 물론 눈을 깜빡여 보기는 했지만 내 의지에 의한 것은 아니었다. 나는 망막에 그 애의 얼굴을 새겨 두고 싶었다. 아버지의 페라니아 카메라로 사진을 찍을 때처럼 많은 빛이 필요했다.

"전부 다 봤어?"

"아직도 보고 있어."

"아니, 내 말은 조금 전에 다 봤어? 다 봤어야 해." 정의를 실현하는 현장에 증인이 필요했다. 증인이 없으면 미완성인 채로 남게 된다. 나는 어쩔 수 없이 이끌려서 거기에 연루되었고 그 일에서 어떤 역할을 할 수밖에 없게 되었다. 난 그걸 원하지 않았고 그 애도 그런 부담을 갖지 않았으면 했다. "너 때문이 아니라 그들끼리 서로 증오해서 싸운 거야."

"그러니까 넌 아무것도 못 본 거야. 그 애들은 나 때문에 싸웠어. 정의를 실현하기 위해서 그렇게 해야만 했지. 폭력을 휘둘러서 네게 상처를 냈으니 그들끼리도 그렇게 해야 해. 그래야 공평한 거지."

나는 그 애의 계산이 이해되지 않았다. 처음에 상처를 입은 몸은 나 하나였지만 지금은 셋이 되었다. 그것은 공평하지 않았다. 뿐만 아니라 정의가 더 많은 혼란을 만들어 내기까지 했다. 확신에 찬 그 애 앞에서 나는 난처해하다가 두 번째 질문을 했다. "그런데 왜 처음에 아무도 비명을 질러서는 안 된다고 말했어?"

"왜 그랬는지 모르겠어? 비명을 지르면 사람들이 달려와서 개들을 떼어 놓았을 거 아냐."

"그럼 한 아이만 비명을 지르고 항복했다면?"

"그래도 계획대로 된 거지."

지금 나는 한 가지 사건에만 신경이 집중된 새로운 정의, 그리고 적절한 판결을 만들어 내는 정의는 상처 입은 사람에 대한 연민으로 움직이며, 그렇기에 가혹할 수 있다는 걸 안다. 연민은 집요하며 무엇에도 억눌리지 않는다. 혁명적인 성격이 형성될 초기에 아주 중요한 감정이다.

그 당시 성장기에 있던 소녀는 혁명의 세기, 바로 그 안에 뛰어든 그런 사람이 되었을지도 모른다. 내 평생 그런 사람들을 알고 지냈으니 분명 언젠가 한 번쯤은 그 아이와 틀림없이 만났을 것이다. 그리고 그녀가 수천 명의 가두시위 행렬 속에서 나를 우연히 발견하고 유심히 보았으나 알아보지 못했을 수도 있다. 그런 시위에서 나는 눈을 꼭 감고 주먹을 불끈 쥐고 나아갔다. 그 여름 난 두 남자아이에게 더해진 고통 속에서 아무런 정의도 보지 못했다. 고통이 존재하지만 난 그 고통을 정의에 접근시킬 수 없었다. 고통은 아무것도 보상해 주지 않았다. 정의는 다른 사람에게, 어떤 공동체에, 잘못을 바

로 잡는 그 시스템에는 진실이 될 수 있지만 내게는 불필요
했다. 상처는 스스로 치유되었다. 상처를 가라앉히는 그 몸
이 그 아이들에게는 정의였다. 난 소녀의 말에 반박할 말도,
충동도 없었다. 그 시간에 그 아이는 의지의 화신 그 자체였
다. 물론 물, 공기, 정의처럼 의지는 여성적인 어휘이고 피는
남성적인 어휘이다. 그 아이는 깊이 생각했고 판결을 내렸다.
나에게 그것을 보여 주었고, 동의를 구하지도 감사의 인사를
바라지도 않았다.

　물론 나는 느끼지 못했지만 그건 사랑이었다. 서서히 그
형태를 만들어 나가는 한 단어의 징후들을 지금 그렇게 부르
는 것이다. 다 보는 앞에서 입을 맞추기 위해 내 얼굴을 꽉 쥔
그 애의 두 손, 빠르게 치유된 상처, 아름다움을 느끼는 감정
의 발견 같은 것들 말이다. 나는 그 후로 일어난 일들을 책을
통해 이해하게 되었다. 어떤 사람이 다른 사람이 지닌 특별한
점을 알아차리고 자신의 관심을 오로지 거기에만 집중시킬
때의 감정을. 단둘이 떨어져 있으며 깊은 대화를 나누려고 계
속 애쓰는 감정을 이해하게 되었다. 나에게 욕망은 사랑과 관
련이 없었다. 그 사랑으로 유년기를 마감했지만 그런 사랑으
로 인해 포옹을 해도 아직도 근육이 전혀 움직이지 않는다. 그

사랑은 내 텅 빈 마음속에서 빛나고 나를 환히 밝혀 주었다.

우리는 어둠이 내릴 때까지 함께 있었다. 헤어지기 전에는 대개 서로 주소를 주고받고, 편지를 쓰겠다는 약속을 하곤 한다. 우리는 그러지 않았다. "지키지 않을 약속은 하지 말자. 우린 다시 못 만날 걸 잘 알잖아. 만일 만나게 돼도 서로 관심 없을 거고 알아보지도 못할 거야. 네 외모와 목소리가 변할 거고 눈도 물고기 눈이 아닐걸. 아니 어쩌면 네 눈 때문에 널 알아볼지도 모르지. 이제 집에 가자. 그리고 마지막 밤을 함께 보내자."

"내일 떠나니?"

"응."

지금은 그 풋사랑 속에 그 후에 이어질 모든 사랑이 담겨 있다는 걸 안다. 그 어떤 여자도 내 곁에 머물지 않을 것이다. 나는 결혼도 하지 않을 것이고 나란히 걸으면서 이런 질문을 받지도 않을 것이다. "당신도 원해요?" 사랑은 고독한 삶 속에 잠시 머물 수 있는 정거장일 수 있다. 지금 이 글을 마쳐 가면서 한 여자와 함께 보낸 마지막 시간을 생각하고 있다. 운율이 맞듯 마음이 맞았던 그 여자.

집으로 돌아오자 토마토 졸이는 냄새가 진동을 했다. 음식 저장이 시작되었다. 요리는 약속이었다. 냄새가 9월 말, 육지로의 귀환과 함께했다.

그날 나는 생전 처음 다른 사람의 붉은 핏자국을 보았다. 나는 탈의실에서 나가 그 상황을 종료시켰어야 했다. 그 폭력을 막았어야 했지만 난 그들이 지쳐 쓰러질 때까지 무기력하게 지켜보기만 했다.

소녀가 떠나간 뒤 수치심이 머리로 올라왔다. 얼굴에 수치심이 드러나 빨개지는 게 아니라 딱따구리가 나무를 파 둥지를 만들 듯 머릿속으로 파고들었다. 나는 실수를 했다. 나는 내가 그리던 그런 사람이 아니었다. 나는 스스로에게 요구한 모습이 있었는데 부족한 나 자신을 발견하고 당황해서 어쩔 줄 몰랐다. 그 사건 이전에 나는 어린아이로서의 무기력을 인정했다. 그 무기력을 눈물로 쏟아 내곤 했지만 그런 폭력을 당하고 상처를 입은 뒤 나 자신을 급격한 변화에 맡기며 그런 무기력을 극복했다. 그리고 새로운 사람으로 행동할 수 있는 최초의 시련이 다가왔는데 그 기회조차 알아차리지 못했다. 외할머니가 나에 대해 내렸던 정의가 계속 유효했다. 할머니는 내가 부석浮石과 뜨개바늘로 무장하고 있다고 말씀하셨다. 무게가 없는 돌과 쉽게 구부러지는 쇠가 나의 무기였고 나는 그걸로 무장하고 있다는 것이다. 집으로 돌아오면서 나폴리 사투리로 말하던 할머니의 그 말을 되뇌었다. 나폴리 사투리는 굴욕을 안겨 주었다. 다른 그 어떤 언어로 욕을 들어도 그렇게 속이 쓰리지는 않았다. 이탈리아 표준말로 욕을 하면 마치 내 몸에 하는 게 아니라 유령에게 하듯 별 효과를 못 느꼈다.

갑자기 놀랍게도 사랑이라는 말을 할 수 있게 된 뒤 굴욕감을 물리적으로 경험하게 되었고 내 신경은 거세게 사로잡혔다. 오늘 나는 그게 정치적인 감정이라는 것을 잘 알고 있다. 얼굴에서 수치심을 없애기 위해 대담하게 떠밀기 때문이다. 두 아이의 싸움을 말리기 위해 아무런 행동도 하지 않고 피를 흘리게 내버려 둔 것에 대한 수치심. 이제 나는 더 이상 어린아이가 아니었다. 대신 거의 아무것도 아니었다.

50년 전, 초점거리에 의해 고정된 그 여름의 작은 기억이 점점 확대된다. 산 위에서만이 아니라 아주 가까이에서도 그 윤곽들을 볼 수 있다.

집에 오자 엄마는 어떤 가문의 귀족 신사를 만났다는 이야기를 해 주었다. 그 신사가 엄마에게 인사를 했다고 했다. 엄마의 손에 입을 맞출 생각이었지만 엄마는 그런 의례에 익숙하지 않아서 그냥 평소처럼 악수를 하려고 손을 내밀었다. 그 신사가 엄마의 손가락을 잡아 입을 맞추려고 잡은 손을 뒤

집었다. 엄마는 깜짝 놀라서 본능적으로 방어 자세를 취했고 손을 빼려고 했다. 그가 손을 꽉 잡더니 끌어당겼고 놔주지 않았다. 그 짧은 순간 소리 없는 작은 실랑이가 벌어졌고 마침내 엄마가 신사의 의도를 이해하고 저항을 그만두자 그 순간 신사가 아주 확실하게 엄마의 손가락에 입을 댔다. 그렇게 하다 보니 손에 입을 맞춘 게 아니라 그 손에 입을 한 방 맞고 말았다. 그는 당황하고 어리둥절해하면서 해군 제독 모자를 다시 쓰고 사라졌다. 엄마는 집까지 오는 내내 웃음을 멈출 수 없었다.

저녁식사 때 엄마에게 전쟁 중에 뭔가 수치심을 느낀 적이 있었냐고 물었다. "수치심? 무슨 수치심? 내 나이 한창 때 전쟁이 터졌어. 전쟁이 수치심을 느껴야지." 엄마가 잠시 생각에 잠겼다. "그래, 나를 따라다니던 남자애가 하나 있었지. 열일곱 살 때였어. 주위에 남자들이 많았지. 내가 예쁘고 자유로웠으니까. 그래, 전쟁은 이상한 자유를 허락해 주었어. 어른들은 심각한 일에 몰두해 있어서 자식들에게 별로 신경을 쓰지 않았지. 공습은 우리를 하나로 만들어 주었고 도움이 되기도 했어. 그 아이는 내게 구애를 했지. 42년이었어. 해군으로 입대를 해야 했어. 그 애가 떠나기 전날 만나 달라고 부탁했는데 무슨 이유에서인지 내가 약속 장소에 나가지 않았어. 아마 다른 일에 정신이 팔려 있었을 거야. 그 애가 내게 편지를 보냈어. 그 애가 탄 배가 침몰했지. 그 일이 수치스러웠어. 기억하고 있는 걸 보면 아직도 수치심을 느끼고 있는 것 같구나. 이 녀석, 대체 내게 무슨 기억을 떠올리게 하려는 거야?"

"미안해요. 그것보다 훨씬 더 대수롭지 않은 수치심이 있을 거라 생각했어요."

엄마에게 내 이야기는 하지 않았다.

"그것보다 조금 있으면 치르게 될 수학 재시험에서 수치심 느끼지 않게 해."

엄마 말에 수학 생각이 났다. 섬의 선생님은 내게 수학 문제 연습을 많이 시켜서 이제 수학은 또 다른 형태의 수수께끼의 변형체가 되었다. 수학은 상승하는 일련의 수열들 속에서 해답에 도달하길 요구했다. 계단을 오를 때처럼 맨 위에 도달해야 해답을 찾을 수 있었다.

"이제 수학을 알겠니?"

"알아요."

열린 창문으로 누군가 악기를 연주하는 소리가 들려왔다. "기타 배우고 싶지 않니? 악보 읽고 싶지 않아?"

지금 나는 극장이나 광장에서 고급스러운 나무로 만든 무대에 올라가 이야기를 하고 여섯 개의 줄을 손가락으로 튕기며 노래를 한다. 50년 전 기타가 열린 창문으로, 엄마의 목소리를 통해 내 삶에 들어왔다. 그때 나는 음악과 나와의 관계를 결정했다. 나는 "싫어요"라고 말했고 그 후로 그 말을 용서받지 못했다. 나는 서투른 연주를 뛰어넘지 못했다. 내가 음악을 만든다 해도 그걸 악보에 옮길 줄도 읽을 줄도 모른다. 아니 머릿속에 새겨 둘 수는 있다. 그렇게 하는 것으로 만족하고 곧 그걸 잃어버릴 것이다. 거칠게 사용해 왔던 손가락 끝이 기타 위로 간다. 나는 기타 위에 손보다 목소리를 올려놓는다. 이미 하고 있던 공부 이외에 다른 걸 더 공부하고 싶지 않고 책 읽는 시간을 뺏기기 싫고 이야기 속에 파묻혀 있고 싶어서 엄마한테 싫다고 말했다. 엄마는 그 대답에 실망하지 않고 여러 차례 기타를 치면 좋은 점들을 이야기했다. 열세 살인가 열네 살 때 나는 아름다운 곡선의 기타를 무릎에 올려놓았다.

아직도 그 기타를 가지고 있다. 방에 걸려 있다. 폭풍우가 불어닥쳐 나무를 뒤흔들어 놓는 날이나 지붕 위로 소나기가 쏟아지는 날이면 벽에 걸려 있는 기타를 내렸다. 밖에서 재즈 음악이 들려오면 나폴리 민요의 멜로디를 연주해 본다. 기타를 배우라고 설득했던 엄마에게 감사한다. 기타 줄과 좋은 친구가 되었다. 엄마에게 배운 노래는 갇혀 있는 내 목소리에 힘을 주었다. 나는 그 목소리를 무대 위로 가져갔다. 얼굴에 비친 불빛이 너무 밝아서 오히려 눈앞은 캄캄했다. 나는 그 어둠 쪽으로, 한 음절씩 내게 가르쳐 주던, 그리고 마지막 날까지 뭔가를 연주해 달라고 부탁했던 엄마 쪽으로 돌아선다. 어느 방에서든, 어느 홀에서든 내가 나폴리 사투리로 노래하면 그 노래를 듣는 엄마가 있다. 부재하는 사람들은 자신들을 그 부재 밖으로 불러내서, 적어도 노래가 지속되는 동안은 다시 우리 곁에 있게 해 주는 그런 목소리를 필요로 한다. 들판에 쌓인 재가 된 엄마, 3월의 밤들, 골수를 추출하기 위해 준비된 주사기, 엄마의 삶이 힘겹게 저물어 가던 병원 대기실과 떨어지기 싫어하던 손가락들. 엄마는 늙은 나를 고아로 만들었다. 엄마의 따뜻하고 힘없는 손을 내 이마에 올려놓았다. 그렇게 하자 나는 다시 차분하게 숨을 쉴 수 있었다. 새벽이 오기 전에 창문을 열어 아직 여명을 보지 못한 공기가 들어오게 했고 바람이 곧 폐로 들어왔다. 마지막 며칠 동안 난 엄마에게서 공중을 나는 새의 모습을 보았다.

"기타 배우고 싶지 않아? 악보 읽고 싶지 않아?"

"싫어요." 어리석은 나의 거부였다.

나는 전쟁에 대해 생각했다. 내가 20세기 중반에 태어났기 때문이다. 좀 더 나중에 태어나거나 아니면 일찍 태어나 그 안에서 더 많은 역할을 하고 죽었더라면 더 좋았을 것 같다. 혹은 차라리 1999년 12월 31일에 태어났더라면. 병원에서 내 심장이 멎어 죽음을 경험했을 때 엄마보다 먼저 죽어 다행이라는 생각을 했었다.

자식을 가진 사람은 자식을 통해 자신들의 성장기를 지켜보았다. 나는 심어 놓은 나무들을, 땅까지 축 늘어뜨린 나뭇가지들이 만든 그늘을 보며 그렇게 할 수 있었다. 새로운 생명들이 그 생명력을 확장해 나가는 것을 슬쩍 보자, 내 품에서 생을 마친 부모님의 죽음을 자식들의 탄생과 비교할 수가 없었다. 두 분은 이제 부재하는 사람들의 감옥에 갇혀 있고 난 하루도 빼놓지 않고 밖에서 그들이 나오기를 기다리고 있다.

전쟁 시기와 내 시대와의 거리를 측정하기 위해 전쟁을 생각했지만 그것을 가늠할 수는 없었다. 나는 전깃불과 함께 자랐기에 나폴리의 어떤 어린이가 성당에 가서 촛대에서 떨어진 촛농을 모아 다시 팔았을 시절을 알 수가 없었다. 말은 할 수 있지만 계산 불가능한 거리들이 존재했다.

"머리 감아라. 오늘 밤에 머리를 수세미처럼 하고 나가면 안 돼. 이리 와, 잠깐만."

엄마가 세숫대야에 몸을 숙이게 하고 머리에 주전자 물을 붓고 문질러 주었다. 그리고 아직 물기가 다 마르지 않은 머리를 빗어 주었다.

"뭉개진 네 코에 익숙해졌어. 그 코 때문에 네가 조금 큰 것 같아."

수도꼭지에서 물이 나오지 않을 때를 대비해서 뜰에 있는 수조 바닥에 물을 남겨 두었다. 수조 뚜껑을 열고 양동이 손잡이에 밧줄을 묶어 그 안으로 떨어뜨렸다. 양동이가 수조 벽에 부딪혀 둔탁한 종소리를 냈다. 밑에 도착하면 양동이를 기울게 해서 물을 가득 채운 뒤 팔을 움직여 위로 끌어당겼다. 무거워진 양동이에서 허공으로 물이 방울방울 떨어졌는데 성당에서 들리는 하이힐 소리 같았다. 그것을 엄마의 세숫대야에 쏟았다. 엄마는 세수를 하고 난 뒤 그 물로 걸레를 빨아 바닥 청소를 했다. 물이 별로 없어서 우리는 마지막 한 방울까지 사용했다. 파스타를 삶았던 물은 변기에 사용했다. 소금기가 있는 물을 땅에 버리는 건 좋지 않았다.

그런 물 부족이 내게 딱 맞았고, 우리가 무슨 일을 하든 세심하게 배려하게 만들었다. 들판에 집을 지을 때도 그런 습관을 이용해서 웅덩이에 고인 빗물을 모아 회반죽을 개는 데 사용했다. 겨울이었고 아직 우물도 전기도 없었다.

9월에 섬에 처음으로 비가 오면 빗물을 받으려 밖에 그릇들을 내놓았다. 대야와 양동이, 냄비와 우묵한 팬에 떨어지는 빗소리가 경쾌했다. 오랜 가뭄 끝의 빗물은 마당으로 튀어나오는 거미 같았다. 엄마는 내 머리를 헹굴 물을 양동이에 받았다. 나는 밖으로 걸어갔다. 젖은 머리카락이 관자놀이를 시원하게 만들었다.

소녀와 만나기로 한 곳은 방파제였다. 그 아이는 벌써 불빛이 나비처럼 반짝이는 등대 밑에 와 있었다. 등대에서 떨어져 나에게로 왔고 재미있다는 듯 말했다. "나 만나려고 머리 감았어? 감동이에요, 신사 아저씨."

"제 평생 처음 한 약속이니까요, 아가씨."

우리는 밤이 되어 텅 빈 어부들의 해변으로 갔다. 배들이 육지에 나란히 정박되어 있어서 등을 기댈 수 있었는데 우리를 위한 것인지 주위가 고요했다. 우리는 모래 위에 어깨를 기대고 앉았다. 말을 하고 싶다는 생각이 들지 않았다. 어부들의 집에서 사람들 소리가 들려왔지만 해변을 핥는 파도에서는 아무것도 들리지 않았다.

"너 사랑 좋아해?" 그 애가 자기 앞을, 하얀 바탕에 파란 줄무늬가 있는 배의 측면을 바라보며 물었다.

"이번 여름이 되기 전에는 책에서 읽었어. 난 어른들이 왜 그렇게 흥분하는지 이해하지 못했어. 이제는 알아. 사랑은 변화를 일으키는데, 사람들은 그 변화를 좋아하거든. 난 내가 사랑을 좋아하는지 아닌지 잘 모르겠어. 하지만 내게 사랑이 있어. 처음에는 없었거든."

"있다고?"

"응, 있다는 걸 알았어. 손에서 시작됐어. 네가 처음 내 손을 잡았을 때. 지속한다는 내가 제일 좋아하는 동사야."

"너 되게 웃기게 말한다. 너 나 사랑해?"

"이렇게 말할까? 손에서 시작되었고 내 손이 네 손을 사랑했어. 그러다가 네가 우리 집에 와서 내 상처를 만진 그날, 금방 낫기 시작했던 그 상처들이 사랑을 했지. 네가 방에서 나갔을 때 회복되었어. 난 침대에서 일어나 다음 날 바다에 갔어."

"그러니까 사랑이 좋아?"

"위험한 거야. 상처들이 우리에게서 달아나고 정의를 위해 다른 상처들을 만드니까. 사랑은 발코니에서 부르는 세레나데가 아니라 남서풍이 불 때 이는 큰 파도 같아. 위에서는 바닷물을 괴롭히고 밑에서는 바닷물을 뒤섞어 놓는. 좋아하는지 아닌지 잘 모르겠어."

"내가 네게 키스해 줬잖아. 적어도 그건 좋았어?"

"나한테 해 준 게 아니라 땅에 쓰러진 두 녀석에게 보여 준 거잖아."

희미한 불빛 아래에 나란히 앉아 있던 우리의 말들이 금방 거품이 되었다.

"그럼 완전히 너를 위해 한 번 해 줘야겠네?"

소녀가 내 쪽으로 몸을 돌렸다. 나는 본능적으로 반대쪽으로 돌리고 싶었지만 갑작스런 어떤 힘에 의해 목과 머리를 그 애 쪽으로 돌렸다. 그 애를 바라보지 않았을 때는 쉽게 이런저런 말을 할 수 있었는데 이제는 아무 말도 나오지 않았다. 살짝 입술을 벌린, 가까이에 있는 그 애는 너무나 아름다웠다. 입을 맞추기 위해 다가갈 때 모든 것을 벗어 버린, 말을 삼킨, 있는 그대로의 여자 입술은 감동적이다.

"그 물고기 눈 꼭 감아."

"감을 수가 없어. 내가 보는 걸 너도 볼 수 있다면, 아마 너도 눈을 감을 수 없을 거야."

"그런 찬사는 대체 어디서 나오는 거야?"

"무슨 찬사? 난 내 눈에 보이는 걸 말하는 건데."

"이제 됐어." 그 애가 손가락으로 내 눈꺼풀을 살며시 만졌다. 잠시 후 손가락이 코 옆으로 내려와 입을 지나 턱까지 왔다. 경이로움에 반쯤 벌어진 내 입술에 그 애 입술이 포개 졌다.

"놀라워." 입술을 뗐을 때 느릿느릿 내가 말했다.

"이건 너를 위한 키스야. 다시 물어보는데, 사랑이 좋니?"

"이게 사랑이라면, 음, 좋아, 좋아." 나는 앞으로 어떤 책을 읽든 다 이해할 수 있을 것 같은 생각이 들었다.

배들 사이에서 다시 몇 번의 입맞춤이 이어졌다. 입맞춤 이 끝날 때마다 나는 상처를 입고 난 후보다 훨씬 더 성장했 다는 느낌이 들었다. 그 애는 이제 눈을 감으라는 요구는 더 이상 하지 않았다. 나는 그 애가 눈을 살며시 감다가 입술이 닿는 바로 그 순간 꼭 감는 것을 보았다. 그 애는 손가락으로 내 머리카락을 쓰다듬기도 했고 내 얼굴을 샅샅이 만져 보았 다. 그 애 얼굴에 미소가 번졌다. 그리고 다시 입을 맞추었다. 손가락이 몸을 쓰다듬었다.

우리는 무릎을 끌어안고 나란히 앉아 있었다. 모래를 디 딘 발끝에서 입맞춤이 시작되었다. 그것은 척추를 타고 올라 와 두개골까지, 이까지 도달했다. 지금도 나는 이가, 다른 몸 들이 우리 몸에 닿을 수 있는 제일 높은 지점이라고 알고 있 다. 거기서, 입맞춤의 정점에서 뜨거운 사랑의 움직임으로 이어질 수 있었다.

　나는 오래전부터 신앙심이라고는 찾아볼 수도 없으면서 성경에 관한 글들을 쓰고 있다. 책을 읽으면서 고대 알파벳을 맛보게 되었고 내 지식은 입에서 일어났다. 고대 히브리어가 입안에 든 음식처럼 혀와 침과 이와 입천장을 타고 돌아다녔다. 입에 남은 만나●가 잠에서 깰 때마다 나타났다. 입맞춤에서처럼 그 순간에 갈망하는 맛을 가진다.

　엿새가 되던 날 창조된 최초의 인간들 위로 무한한 첫날 밤이 펼쳐져 있었다. 그들은 몰랐지만 그들 몸에서 식욕과 갈증과 열광과 잠이 생겨났다. 아직 아무것도 알 수 없는 첫날 밤이 그들에게는 빛이 점점이 흩어지는 첫날의 나머지로만 보였다. 그들은 다시 해가 뜰지 아닐지 몰랐다. 그래서 포옹했다. 서로의 입을 찾았고 인식의 첫 결과물인 입맞춤을 만들어 냈다. 그것은 체온에 민감한 액체인 수은과 같은 것이었다. 나 역시 그 최초의 순간을 알고 있다. 그때 바닷가 모래 위에서 무한히 열린 하늘을 머리 위에 두고 그들과 똑같은 순간에 나 역시 입안에 수은을 가졌기 때문이다.

● manna. 성경에서 모세의 인도로 이집트를 탈출한 이스라엘 백성이 광야에 이르러 굶주릴 때 하느님이 내려 준 신비로운 양식. 여기서는 고대 히브리어를 가리킨다.

뱃머리 위로 뜬 달이 배들 사이에 만들어진 그 방을 환히 밝혔다. 우리는 무감각해진 입술을 떼었다. 나란히 집으로 돌아갔지만 발길 닿는 대로 걷다가 길을 잃었다. 갈림길에서 손을 놓고 헤어졌다. 다른 인사말은 필요 없었다. 에덴동산에서 나온 이브와 그의 연인은 벌써 이 세상의 행복을 모두 가졌으니까. 그곳에서 멀어진 그 이후의 삶은 탈선이었다.

땅에도 끝이 있고 창문을 내리면서 하루 일과를 마치듯이 지금 이 순간에도 가장 어울리는 말은 '끝'일 듯하다.

옮긴이의 말

　현재의 우리를 이루는 것은 우리가 지나온 과거와 켜켜이 쌓인 그 기억이다. 기억은 때로 망각 속으로 사라져 마치 존재조차 하지 않는 듯하다. 그러나 어느 순간, 미세한 자극에도 그 기억들은, 잔잔한 호수 밑에 가라앉아 있다가 수면 위로 떠올라 우리를 사로잡는다. 기억은 "8월 한여름에도 녹지 않는 눈"처럼 우리 몸에 존재한다.

　《물고기는 눈을 감지 않는다》는 기억에 관한 소설이며 한 소년의 성장을 그린다. 60세의 주인공이 퍼즐을 맞추듯 50년 전 뜨거웠던 여름의 사건들을 하나씩 재구성해 나간다. 주인공은 글을 쓰면서 그때의 기억들이 아련하고 아쉬운 추억으로만 남은 게 아니라 삶의 순간마다 자신에게 의미를 부여했었다는 사실을 깨닫는다. 50년이 지난 지금까지도.

이 소설의 시간은 직선적이지 않다. 주인공은 기억이 떠오르는 대로 과거와 현재를 자유롭게 넘나든다. 50년 전, 열 살의 주인공은 엄마와 함께 나폴리 근교의 섬에서 여름휴가를 보낸다. 유년기를 막 벗어난 소년의 내면은 빠른 속도로 성숙해 가는 중이지만 몸은 여전히 어린아이의 모습을 벗지 못했다. 소년은 하루 빨리 변신하기를, 껍질을 벗기를 갈망한다.

이런 소년의 모습과 함께 두려움과 설렘을 안고 나폴리를 떠나던 열여덟 살의 청년, 북부 어느 도시의 공사장에서 얼어붙은 손으로 곡괭이를 쥐고 힘겹게 일하던 젊은이, 시위하는 군중에 섞여 정치운동을 하던 노동자, 보스니아 전쟁터를 가로지르는 남자가 중첩되며 소설은 단편적인 성장소설의 경계를 벗어난다.

열 살의 소년은 어서 빨리 어린아이의 껍질을 벗고 싶어 한다. 그 여름 소년은 섬의 어부에게 낚시를 배우며 아버지가 모아 둔 책들을 통해, 그리고 실제로 어른들의 세계를 관찰한다. 그 세계의 어른들은 전쟁의 상처에서 제대로 회복되지 못했거나 새로운 삶을 찾아 이탈리아를 떠나고자 하는데, 소년에게 어른이란 몸만 성장한 미숙한 어린아이일 뿐이다. 사랑이란 감정을 과장하고 낭비하는. 소년의 아버지는 그 무렵 새로운 기회를 찾아 미국으로 떠난 상태인데 소년은 특히 그런 부모의 관계를 객관적인 눈으로 바라본다.

이렇듯 또래의 세계보다는 어른의 세계에 훨씬 더 관심이 많던 조숙한 소년에게 뜻밖의 일이 벌어진다. 자기 또래의 소녀에게 자신도 모르는 새 관심을 갖게 된 것이다. 소년은 자신처럼 주변의 사건들에 무심하고 독서를 좋아하는 그 소녀와 곧 가까워진다. 그때까지 소년에게 '사랑하다'는 어른들이나 사용하는 과장된 의미의 동사였으나 이제 소년은 소녀를 통해 그 감정에 조금씩 눈을 뜨게 된다. 그리고 소녀와 손을 잡으면서 소년이 가장 좋아하는 동사인 '지속하다'를 직접 경험하게 된다.

"지속하다. 열 살 때 내가 가장 좋아하는 단어였다. 이 말은 손을 잡는다는 약속, 지킨다는 약속을 담고 있었다."(본문 17쪽)

손을 잡는 행위는 곧 사랑의 행위이다. 소년의 사랑은 바로 손에서 시작되어 온몸으로 퍼져 나가고 소녀와의 입맞춤으로 완성된다. 그 눈부신 순간의 기억을 새기기 위해 물고기처럼 "눈을 감지 않"는다. 사랑이 시작되었던 그 손은 세월이 흐르면서 삶을 지탱해 가는 데 없어서는 안 될 중요한 수단이 된다. 뿐만 아니라 손은 폭력적으로 사용될 수도 있다.

소녀에게 관심을 보이던 다른 세 소년이 주인공 소년에게 폭력을 행사하자 소녀는 소년 대신 '정의'를 구현해 준다. 소년이 생각하는 정의는 그와는 다르지만, 그러한 과정을 통해 사랑의 감정에 눈뜨게 되고 육체의 껍질을 벗고 정신적으로 한층 성장하게 된다. 그것은 소녀 역시 마찬가지다.

소년소녀의 이러한 성장 과정이 한 편의 시처럼 아름답게, 생동감 넘치게 그려지는 것은 에리 데 루카의 정제된 언어들 덕이다. 작가는 마치 가로세로 낱말 퍼즐의 칸을 채울 때처럼 고민하며 선택한 단어들로 고향 나폴리와 베수비오 화산, 파란 하늘 아래의 여름 섬과 그 속에서 살아가는 사람들, 이탈리아 남부의 정서를 그린다.

에리 데 루카는 이 소설의 주인공처럼 열여덟 살에 고향 나폴리를 떠나 로마로 이주해 적극적으로 정치 활동을 했다. 기계공, 트럭 운전기사, 미장이 등으로 일했고 유고슬라비아 내전에 참전하기도 했다. 마흔 살에 이르러 첫 소설《지금, 여기서는 아닌》을 발표하며 작가의 길로 들어선 뒤 소설과 희곡, 시를 쓰고 성서를 번역하는 등 폭넓은 활동을 통해 현대 이탈리아 문학계를 대표하는 작가로 자리 잡았다. 그의 주요 작품들은 30여 개국에서 번역되어 많은 공감과 사랑을 받고 있다.

　이러한 작가의 자전적 경험이 고스란히 담긴 이 소설은 마치 시로 쓴 자서전, 시로 그린 자화상 같다. 이 자화상은 작가만의 것은 아니어서 그 속에서 우리의 모습 한 조각쯤은 발견할 수도 있으리라.

2015년 6월

이현경

• 책날개에 사용한 저자 사진은 저작권자가 확인되는 대로 절차에 따라
  계약을 맺고, 그에 따른 저작권료를 지불하겠습니다.

물고기는 눈을 감지 않는다

초판 1쇄 발행 | 2015년 6월 15일

지은이   에리 데 루카
옮긴이   이현경
책임편집   나희영
디자인   최선영

펴낸곳   바다출판사
발행인   김인호
주소   서울시 마포구 어울마당로5길 17(서교동, 5층)
전화   322-3885(편집), 322-3575(마케팅)
팩스   322-3858
E-mail   badabooks@daum.net
홈페이지   www.badabooks.co.kr
출판등록일   1996년 5월 8일
등록번호   제10-1288호

ISBN 978-89-5561-770-2 03880